Eine Art zu lesen

Eine Art zu fliegen

GOYA

Das Buch

Marie hat sich in Simon verliebt, und Simon sich in Marie. Doch Simon ist verheiratet und versucht, der körperlichen Anziehung zu widerstehen – dennoch finden sie eine Möglichkeit, sich einander nahe zu fühlen: im digitalen Raum. Mit der Zeit steigert sich Maries Sehnsucht nach Simon, nach Intimität, nach Kontrolle zu einem fieberhaften Bedürfnis. Immer tiefer taucht sie in den sozialen Medien in sein Leben ein und verliert dabei ihr eigenes aus dem Blick. Ihre Karriere als Cellistin und ihre Freundschaften treten hinter dem Bedürfnis zurück, nach versteckten Botschaften in Simons Storys und Posts zu suchen. Doch wie weit wird Marie gehen?

Die Autorin

Gina Schad, geboren 1984, studierte Medienwissenschaft an der Humboldt-Universität zu Berlin. Sie beschäftigt sich seit Jahren mit dem Internet und den Medien und hat bereits zu Themen wie Privatheit und Netzkultur veröffentlicht. Gina Schad arbeitet als freie Autorin und lebt in Berlin. *Nach einem Traum* ist ihr erster Roman.

Gina Schad

Nach einem Traum

Roman

GOYA

Das gleichnamige Hörbuch erscheint bei GOYALiT.
Dieses Buch ist auch als E-Book erhältlich.

Besuchen Sie uns im Internet: www.goyaverlag.de

Aus Verantwortung für die Umwelt hat sich der GOYA Verlag dazu entschieden, keine Plastikfolie zum Einschweißen der Bücher zu verwenden.

MIX
Papier | Fördert gute Waldnutzung
FSC® C014496

1. Auflage 2023
Originalausgabe

Umschlaggestaltung: Marcelo Marques Porto
Umschlagabbildung: istockphoto.com/de/portfolio/Alpha-C
Satz: Pinkuin Satz und Datentechnik, Berlin
Gesetzt aus der Minion Pro
Printed in Germany
ISBN 978-3-8337-4612-3

EINS

Das Café liegt schräg gegenüber der Charité, in der Nähe des Bahnhofs Friedrichstraße. Junge und alte Studenten, Professoren, Ärzte. Sie alle sitzen mittags auf den Stühlen vor dem Café, meist mit einem Cappuccino in der Hand. Gegenüber Fahrradständer. Nirgendwo in der Stadt ist es wohl gerade so ruhig, nur der Wind weht einmal von rechts nach links. Der Barista, der mittags die Tische draußen säubert, hat lange dunkle Locken, bis zur Schulter. An guten Tagen jongliert er mit Espressopackungen und verteilt Bananenbrot an junge Studentinnen. An schlechten Tagen erzählt er von stressigen Schichten, überteuerten Mieten und dass er seine Familie in Italien schon lange nicht mehr gesehen hat.

Drinnen ist es modern eingerichtet, mit schwarzem Holz. An der Decke hängen Fabrik-Lampen. Auf den Tischen stehen kleine Zuckerschalen und Servietten. Bestellung und Abholung an der Bar. Die Seite zur Charité hin ist verglast, manchmal bleiben Menschen davor stehen und schauen hinein.

Marie sitzt an einem der hinteren Tische. Sie faltet die Servietten zu kleinen Fliegern, eine Kante auf die andere, auf die andere, auf die andere. Von ihrem Platz aus kann sie unauffällig die Tür beobachten und sieht sofort, wenn ihre Verabredung hereinkommt. Es ist eine matte Tür aus Glas, die den Blick auf die Eintretenden erst freigibt, wenn sie bereits im Café stehen.

Verstohlen betrachtet Marie sich in der Scheibe. Ihre Gesichtszüge sind weich, nichts an ihr ist kantig. Die dichten Augenbrauen passen zu den kurzen Haaren und im Sommer auch zu den Sommersprossen. Sie schaut an sich herunter, das Kleid ist neu. Sie spürt den guten Stoff auf ihrer Haut. Das Gefühl zieht sich über den ganzen Körper und umhüllt sie wie eine teure Creme.

Simon Lauwitz betritt mit einer schwarzen Umhängetasche aus Leder das Café. Sie erkennt ihn sofort. Er sieht aus wie auf den Bildern, die sie im Internet von ihm gesehen hat. Es ist zehn nach zwölf, Mittagspause. Etwas abgespannt lässt er den Blick schweifen, kramt in seiner Tasche und schaut prüfend auf sein Handy. Marie hebt zögerlich die Hand, um auf sich aufmerksam zu machen. Er lächelt, als er sie sieht, und kommt mit schnellen Schritten auf sie zu.

Simon hat eine eigene Hausarztpraxis und arbeitet in der Charité. Dort hat er auch manchmal mit Josie zu tun, ihrer früheren Mitbewohnerin und engsten Freundin. Am Morgen hatte sich Marie schon durch seinen Wikipedia-Eintrag geklickt. Dort standen so hilfreiche Dinge wie, dass seine Mutter als Metzgereiverkäuferin gearbeitet hat.

Simon erreicht den Tisch und legt seine Tasche ab.

Darf ich Ihnen einen Kaffee mitbringen?

Braune Augen bohren sich in sie hinein. Maries Blick wandert zu den gefalteten Servietten. Sie hat noch nichts bestellt.

Oder lieber einen Cappuccino?

Seine Frage erwartet eine schnelle Antwort.

Oder möchten die Tauben nichts trinken?

Er legt seinen Kopf schief und blinzelt. Mit den Tauben meint er wohl die gefalteten Flieger.

Nein, gerne, also gerne Kaffee mit Milch, beeilt sich Marie zu sagen und entfaltet die Servietten rasch unter dem Tisch. Eine Erwachsene, die beim Spielen beobachtet wurde.

Simon geht zur Theke und bestellt. Kurz darauf sitzt er ihr gegenüber.

Schön, dass es so spontan geklappt hat, sagt er.

Beide mustern sich neugierig. Marie erwidert seinen Blick und fühlt sich ertappt. Bei was, weiß sie auch nicht genau. Sie versucht, ihren Atem zu kontrollieren, der schneller geht als sonst. Einatmen, ausatmen, einatmen, ausatmen. Sicher ist Simon immer am Arbeiten, immer beschäftigt, denkt sie. Sie selbst hat heute keine Termine und daher Zeit. Nach dem Frühstück hat sie geduscht, sich anschließend geschminkt und überlegt, was sie zu dem Treffen anziehen soll. Dann der Wikipedia-Eintrag. Es kann ja nicht schaden, etwas über seinen Gesprächspartner zu wissen.

Ich habe Sie gegoogelt, sagt Marie in die Stille.

Sie haben mich gegoogelt?

Es klingt weniger wie eine Frage, mehr wie eine erstaunte Feststellung.

Das ist nett.

Simon schaut etwas verwirrt, und Marie fragt sich, ob er es wirklich nett findet.

Der Kaffee ist gut, oder?

Das fragt er bestimmt, um das Gespräch in eine andere Richtung zu lenken, denkt sie.

Ja, sehr gut.

Sie lächelt und hat das Bedürfnis, ihn zu berühren, obwohl er ein Fremder ist.

Den Cappuccino machen sie hier immer gut, sagt er. Wollen wir nicht einfach du sagen?

Marie nickt.

Simon erzählt, dass er genau an diesem Tisch früher zu seinen Studienzeiten gesessen hat und der Geruch in diesem Café etwas bei ihm auslöst. Sie unterhalten sich über Urlaube an der Ostsee und darüber, dass sie nicht gerne mit öffentlichen Verkehrsmitteln fahren. Marie schätzt Simon auf Ende vierzig. Im Schätzen ist sie nicht sonderlich gut, und bei Wikipedia stand kein Geburtsdatum.

Sie mustert ihn unauffällig während des Gesprächs. Simons Körper ist athletisch, sicher macht er regelmäßig Sport. Das Gesicht ist schmal, aber von dicken kurzen Haaren umrahmt, weshalb das nicht weiter auffällt. Die Augen mit den markanten Augenbrauen haben etwas Spitzbübisches. Wenn er redet, kneift er die Augen zusammen, sodass es aussieht, als würde er ihr zuzwinkern. Seine Stimme ist rauchig, aber warm und freundlich.

Simon erzählt von seinem Abschluss und dem ersten Job, bei dem er aus heutiger Sicht zu wenig verdient hat. Er erzählt auch von seinem Vater, der die Familie verlassen hat. Da war er noch klein. Marie hat das Gefühl, als würde er ihre Geschichte erzählen und nicht seine.

Irgendwie fühlt es sich an wie ein Date, obwohl es kein Date ist, ruft sie sich ins Gedächtnis. Doch es klopft, es klopft und hört nicht auf, denkt nicht daran, klopft einfach weiter, weiter, und sie sagt stopp, aber was hört schon auf, wenn man stopp sagt.

Lebst du schon lange in Berlin?

Simon schaut neugierig von seinem Cappuccino hoch.

Vier Jahre.

Marie umfasst ihre Tasse mit beiden Händen. Ihr fällt auf, dass man ihre kaputten Fingerkuppen sehen kann und sie versteckt die Hände schnell unter dem Tisch. Irgendwie möchte sie nicht, dass er zu viel über sie weiß, und ihre Hände verraten eine Menge. Die kaputten Finger kommen vom Üben. Sie schmerzen meistens, ab und zu sind sie auch offen, wenn sich die Cellosaiten über Stunden in ihre Fingerkuppen eingegraben haben und die Haut anfängt, sich abzulösen. Die Fingernägel hat sie kurz geschnitten, manchmal kleben Pflaster darüber.

Simon stellt seine Tasse ab. Er macht es etwas zu schwungvoll, es klirrt. Ihr Blick fällt auf seine Hände. Simon ist also verheiratet, registriert sie sofort.

Und du?

Er lehnt sich zurück und schaut zum Nachbartisch, an dem zwei junge Studierende vor ihren Laptops sitzen und arbeiten.

Ich bin damals fürs Studium nach Westberlin gezogen, sagt er.

Damals war sicher alles noch anders, sagt Marie.

Mit damals meint sie, als er so jung war wie sie.

Das war eine schöne Zeit. Aber ich will dich nicht langweilen, winkt er ab.

Du langweilst mich nicht, antwortet Marie.

Sicher?

Sie nickt.

Dann bin ich beruhigt. Was machst du denn beruflich?, fragt er, und Marie schiebt ihre Hände noch weiter unter den Tisch. Sie rutscht auf ihrem Sitz hin und her.

Ich bin Cellistin, quasi fertig mit dem Studium, sagt sie.

Simon wirkt freudig überrascht. Sie wundert sich, warum er so begeistert ist.

Das klingt großartig, sagt er.

Das Abschlussspiel steht noch aus. Eine kleine Hürde habe ich also noch zu nehmen.

Das ist für dich sicher keine Hürde, sagt er, und Marie wird rot. Dabei wird sie eigentlich nie rot. Sie gehört zu den Menschen, die eher weiß werden als rot. Aber jetzt wird sie doch rot.

Ich wollte früher immer Fotograf werden, sagt er. Aber für die Kunsthochschule hat es leider nicht gereicht. Simon blickt verträumt auf seine Tasse.

Was fotografierst du denn?

Er ist also auch Künstler. Das mit der Medizin ist nur sein Erwerbsjob, denkt sie.

Menschen, sagt er. Porträts erzählen mehr als jede Landschaft.

Marie erwidert kurz seinen durchdringenden Blick, weicht dann verlegen aus.

Ich würde dich gerne einmal spielen hören, sagt Simon.

Dann möchte ich im Gegenzug eine Fotografie, antwortet sie.

Moment! Simon öffnet seine Tasche und holt einen schwarzen Kalender aus Leder hervor.

Darf ich mir deine Nummer notieren?, fragt er und lächelt. Dann kann ich dir ein Bild schicken.

Marie gibt sie ihm, und er steckt den Kalender wieder in die Tasche.

Musik gegen Fotografie also, sagt er.

Deal, sagt Marie, und sie hat das Gefühl, dass sie sich noch mehr zu erzählen haben.

Und was machst du, wenn du keine Musik machst?

Ich gehe ins Kino oder zu Ausstellungen.

So wie ich. Wobei ich schon lange nicht mehr im Kino war.

Oder ich fahre am Wochenende ins Grüne. Die Stadt ist mir oft zu laut, fügt Marie hinzu.

So geht es mir auch. Simon lächelt. Deshalb lebe ich am Rand von Berlin.

Ich würde auch gerne etwas weiter draußen leben, sagt Marie zögerlich.

Zehlendorf kann ich nur empfehlen.

Simon holt einen Stapel Blätter aus seiner schwarzen Ledertasche und legt sie auf den Tisch. Es sind die Unterlagen für Josie, die schon seit Wochen mit einem Bandscheibenvorfall zu kämpfen hat. Sie hatte Marie Simons Nummer gegeben und sie gebeten, die Studienunterlagen bei ihm abzuholen. Im Gegenzug sollte sie ihm Josies neue Krankschreibung geben, damit er sie in der Charité einreicht. Dann kam Simons spontaner Vorschlag mit dem Café.

Es ist kein Date, es ist kein Date, wiederholt Marie in Gedanken.

Simon fängt ihren Blick auf. Sie sieht das Glänzen in seinen Augen.

Marie fragt sich, ob ihre Augen auch glänzen. Sie würde gerne auf die Toilette gehen, um das zu überprüfen. Aber sie sitzt wie angewurzelt auf ihrem Stuhl. Als sie sich aus der Starre zu befreien versucht, macht sie eine hektische Bewegung, und die Zuckerdose fliegt zu Boden.

Simon lacht. Und sie lacht mit.

Sie ist verwirrt. Sieht nur noch seine Augen, die ihren Körper samt Sehnen und Haut komplett einsaugen, alles andere wird klein, fast durchsichtig. Ihr Herz klopft so stark, dass er es hören muss. Sehen kann man es auf jeden Fall, selbst durch das Kleid. Und sein Hemd bewegt sich im Takt.

Klack, klack. Klack, klack.

Sie hat das Gefühl, sich nackig zu machen, mit allem, was sie als Nächstes sagen könnte. Ihre Konzentration richtet sich ganz aufeinander, sie können nicht aufhören zu lächeln. Marie spürt seine Hand kurz an ihrer auf dem Tisch, aber vielleicht war es auch Zufall.

Das Café hat sich mittlerweile geleert, die Mittagszeit neigt sich dem Ende zu. Die Türen werden geöffnet, um frische Luft in den Raum zu lassen. Simons Blick klebt an ihrem, bis sein Handy klingelt und den Moment unterbricht. Er gibt ihr ein Zeichen, dass er das Telefonat annehmen muss. Steht auf und bedankt sich für den Kaffee, obwohl er ihn bezahlt hat.

Ich melde mich, flüstert er, während er mit der anderen Hand das Mikro seines Smartphones bedeckt. Seine Augen fixieren ihre noch einmal, bevor er das Café verlässt.

Simon hat seine Tasse ausgetrunken, Marie hat ihre nicht angerührt. Das Gesicht aus Schaum, das der Barista liebevoll kreiert hat, ist zusammengefallen. Sie trinkt einen Schluck, der Kaffee ist kalt. Ihr Kleid bewegt sich noch immer auf und ab. So müssen sich Herzrhythmusstörungen anfühlen, denkt sie. Marie lehnt sich zurück, damit sie ihren Kopf an der Wand anlehnen kann. Sie fühlt sich körperlich erschöpft, wie nach einem Marathon.

Der Wind weht ihr entgegen, sodass sie nur langsam vorankommt auf dem Weg vom Café nach Hause. Ihr Blick wandert erst auf den Lenker, dann weiter nach unten. Das Fahrrad ist dunkelbraun bis schwarz. Vor dem Lenker ist ein hellblauer Korb befestigt. Marie hatte sich für ein massives Hollandrad entschieden, etwas Zierliches würde nicht zu ihr passen. Das Fahrrad hatte beim Kauf schon ein paar kleinere Dellen, oben an der Stange und hinten am Rahmen. Aber es ist ein gutes Rad, und wenn es nicht gerade windet, kommt sie schnell voran. Sie sieht nach oben, der Himmel ist grau. Die Wolken hängen am Himmel, als ob sie jemand einzeln für ein Foto aufgehängt hat. Nur ab und zu wird eine kleine Lücke frei, und das Blau kommt zum Vorschein. Wenn man zu lang wartet, schieben sich die Wolken wieder davor.

Die meisten Menschen freuen sich, wenn die Lücke größer wird. Spätestens wenn sie so groß wird, dass keine Wolken mehr zu sehen sind, muss man rausgehen und das Leben genießen. Wenn die Wolken wieder hängen, alle zu Hause sitzen und man nichts verpasst, dann braucht man kein schlechtes Gewissen zu haben. Von daher sind die Wolken da oben für sie okay, es könnte eigentlich nicht besser sein.

Während sie fährt, versucht Marie das Treffen im Café einzuordnen, aber sie weiß nicht, was sie davon halten soll. So etwas ist ihr noch nie passiert. Sie atmet einmal tief aus und fährt mit dem Fahrrad die lange Allee entlang, an deren Ende sie ihre Straße schon erahnen kann. Doch erst muss sie noch an einer Siedlung mit relativ neuen Stadthäusern vorbei. Die Häuser sind sicher nicht so teuer wie normale Häuser, weil sie klein sind, wie Hundehütten. Aber billig sind sie bestimmt auch nicht. Meist leben darin junge Familien, die dort hingezogen sind, damit die Kinder einen Garten haben, in dem sie spielen können, hinter dem Haus.

Die Eltern sind oft nur wenig älter als Marie. Einige sind vielleicht auch jünger. An manchen Tagen beobachtet sie die Frauen in den Stadthäusern von ihrem Fenster aus. Sie will sich nicht mit ihnen vergleichen, denn sie möchte für sich ein anderes Leben. Musik machen, verreisen, allein schon das Wort: Ehe. Dennoch fühlt es sich manchmal komisch an, wenn sie nicht nach rechts abbiegt, in die Siedlung, sondern nach links, in Richtung Mietshäuser.

Das Haus, in dem sich ihre Wohngemeinschaft befindet, ist von außen schöner als von innen. Ein sanierter Altbau, Jugendstil. Vor dem Haus steht eine Bank, auf der mittags Spaziergänger sitzen oder Obdachlose, die in Ruhe die übrig gebliebenen Stullen vom Vortag essen, die der Bäcker um die Ecke ihnen aufgehoben hat. Dunkelgrüner Efeu rankt die Wand hinauf. Die kleinen Balkone, die an der Vorderseite des Hauses angebracht sind, werden jedes Frühjahr liebevoll mit Blumenkästen bepflanzt. Wie Simon wohl lebt? Vielleicht wohnt er in einem Haus, oder in einer Maisonettewohnung.

Marie schiebt ihr Fahrrad in den Innenhof und schließt es ab. Berliner Innenhöfe sind normalerweise keine Vorzeige-Innenhöfe, aber dieser lässt sich durchaus vorzeigen. Die Hauseigentümer legen viel Wert auf einen gepflegten

Hofgarten, es gibt sogar ein Rosenbeet. In anderen Innenhöfen sausen Ratten umher, da sind Marie die kitschigen Rosen lieber. Sie schüttelt sich bei dem Gedanken an Ratten.

Die Wohngemeinschaft liegt im Hochparterre. Sie wurde zum letzten Mal nach der Wende grundsaniert. Dazwischen wurden die Dielen immer wieder lackiert und abgezogen, die Wände wurden öfter überstrichen. Inzwischen sind sie größtenteils weiß, nur an manchen Stellen schimmert die alte Farbe durch. Neben dem Waschbecken hat Marie ein kleines Stück der alten Tapete freigelegt, sodass sie beim Zähneputzen Gesellschaft von einem kleinen Pudel hat, der darunter zum Vorschein gekommen ist.

Sicher wird Simon anders leben. Marie denkt an hochwertiges Parkett und eine Durchsanierung. Sie schließt die Tür auf und merkt gleich, dass sie allein ist. Ihre beiden Mitbewohner arbeiten bei Start-ups und sind nur selten zu Hause. Marie ist es recht, so hat sie ihre Ruhe und fühlt sich nicht beobachtet. Sie wirft ihre Jacke über die Garderobe, zieht die Schuhe aus und geht in die Küche. Nur den Tisch, die Stühle und den Kühlschrank haben sie damals eingebaut, die restliche Einrichtung ist ein Vermächtnis vergangener Wohngemeinschaften. Aufwendig angebrachter Stuck verziert die Küchendecke: kleine Figuren, Blumen, Kringel. Marie kauft immer Blumen für das Küchenfenster, aber auch für den Esstisch. Blumen machen Zimmer bewohnbar, sie lenken von bröckeligen Wänden und zusammengewürfelten Gegenständen ab. Marie geht zur Spüle und befüllt den Wasserkocher mit kaltem Leitungswasser. Sie ist sich sicher, dass die Wohnung nach einer Sanierung unbezahlbar wäre, deshalb ist es besser, wenn alles so bleibt, wie es ist.

Das Klicken des Wasserkochers reißt sie aus ihren Gedanken. Sie gießt das heiße Wasser in eine Tasse und nimmt sie mit in ihr Zimmer. Nach den vielen Semestern, in denen sie nichts anderes gemacht hat als üben, will sie das Studium einfach nur noch abhaken. Danach möchte sie eine kleine Wohnung, irgendwo weit oben, dritter, vierter oder fünfter Stock. Diese Vorstellung fühlt sich fast so an wie Hunger oder Durst. Bedürfnisse, die gestillt werden müssen.

Marie steht mit der Tasse am Fenster und sieht zu den Stadthäusern, die auf der gegenüberliegenden Straßenseite liegen. In einem Haus ist eine Mutter mit dem Mittagessen beschäftigt. Die Kinder sitzen am Tisch. Sie hat beobachtet, dass der Vater immer zu einer ähnlichen Uhrzeit nach Hause kommt. Er arbeitet in Teilzeit. Die Eltern haben eine klassische Aufteilung. Gemeinsam essen, Ausflüge, Wochenende. Ob Simon auch eine Familie hat? Eigentlich sollte es ihr egal sein, sie kennt ihn ja gar nicht. Sie sollte sich lieber mit ihrem Vorspiel beschäftigen. Marie übt jeden Tag fünf Stunden. Immer in gekrümmter Haltung, immer schmerzen die Finger. Aber das gehört nun mal dazu, wenn man Cellistin werden möchte. Auf angemalte Fingernägel legt sie sowieso keinen Wert. Die Pflaster über den Fingerkuppen sind wie Nagellack. Doch heute kann sie sich einfach nicht aufs Üben konzentrieren.

Ihr Handy summt. Das Display ist hell. Marie ignoriert die Schrift, die *Mama home* anzeigt. Kurz danach leuchtet es noch einmal auf.

Ihr Kleid bewegt sich wieder im Takt.

Sie öffnet die Nachricht. Ihre Hände zittern.
Nur ein Smiley. Ein Smiley?

Freitag, 14:27

Simon:
Marie? Das bist du auf dem Profilbild, oder?

Marie:
Ja, das bin ich. Hey!

Simon:
Hey! Sag mal, wollen wir noch mal einen Kaffee trinken?

Marie:
Ja, von mir aus gerne.

Simon:
Dann treffen wir uns morgen?

Marie:
Das wäre schön.

Simon:
Sogar mehr als das!

Marie:
Ich weiß gerade nicht, was ich schreiben soll, weil ich die Situation etwas merkwürdig finde.

Simon:

Ich hoffe doch gut merkwürdig.

Marie:

Ja, auf jeden Fall gut merkwürdig!

Simon:

Dann bin ich erleichtert.

Simon:

Bis morgen.

Marie:

Ich hätte nicht gedacht, dass wir uns schon so bald wiedersehen. Bis morgen!

Simon:

Ich habe es gehofft. Dann gleich morgen um 12 Uhr, vor dem Bahnhof Friedrichstraße?

Marie:

Ich werde da sein.

Simon:

Ich auch.

Marie:

Das hoffe ich.

Simon:

Hoffnung ist immer gut. ;-)

***

Marie:

Bin heute an unserem Café vorbeigefahren und dann kam alles wieder hoch.

Marie:

Das war krass damals, richtig krass.

Marie:

Ich glaube, es war so krass, weil ich nicht mit dir gerechnet hatte.

Marie:

Ich hatte mit allem gerechnet, aber nicht mit dir.

Marie:

Erst dachte ich, dass ich mich irgendwie reinsteigere. Weil sonst in meinem Leben gerade nicht so viel los war.

Marie:

Dass ich es größer mache, als es eigentlich ist. Immerhin war es nur dieses eine Gespräch im Café.

Marie:

Aber ich hatte das Gefühl, dass wir uns schon einmal begegnet sein müssen, ich konnte mich nur nicht daran erinnern.

Marie:
Denn bisher hat mich noch kein Treffen in einem Café so durcheinandergebracht.

Marie:
Ich war auf jeden Fall ziemlich durch den Wind, und unser zweites Treffen war schon am nächsten Tag.

Marie:
Am Ende war es eines der wenigen Treffen, bei dem wir uns vorher verabredet hatten.

ZWEI

In Berlin gibt es mehrere Parks und viel Grünfläche. Alte Menschen, Hunde, Kinderwägen. Man kann sich kaum vorstellen, dass es in der Großstadt am Wochenende so voll werden kann. Aber Berlin ist mit Touristen geflutet, die die Stadt mit Gesprächen füllen. Sie lassen sich nicht abschrecken, laufen den ganzen Tag draußen herum, obwohl es windig und der Winter gerade erst überstanden ist. Es brennt gelb auf den Asphalt. Doch die Sonne hat noch keine Kraft. Der Wind pfeift, erst langsam, dann hörbar, als wolle er diese Geste mit einem kräftigen Windstoß unterstreichen. Sie schließt den Reißverschluss ihrer Jacke. Sieht auf den Boden. Die vier Füße machen weiter, wie eingespielt. Sie trotzen dem Widerstand, immer weiter, stehen bleiben wäre eine Option, aber Marie weiß auch, dass sie nicht ewig spazieren können. Simon erzählt von Terminen am Nachmittag.

Klack, klack. Klack, klack.

Es knirscht unter ihren Füßen, immer zweimal im Takt. Ein beruhigender Takt, wie eine neue Melodie, denkt Marie. Jetzt werden sie etwas schneller, lehnen sich gegen den Wind. Ab und zu fliegt ein Vogel an ihnen vorbei, auch er beeilt sich. Sie fragt sich, welcher Tag heute ist. Dann fällt es ihr ein. Es ist Samstag.

Marie genießt es, mit Simon herumzuspazieren. Erst im Tiergarten, dann im Monbijoupark. Dort ist es ruhig, sie hört nur ihre Schritte. Und lauscht gespannt, was Simon von früher erzählt. Er geht schnell, lächelt sie immer wieder an. So laufen sie durch den Park, zwischendurch berühren sich ihre Hände. So kann es bleiben, denkt sie.

Simon redet über seine Reisen während des Studiums, Thailand, Indien, Türkei, Laos. Er allein, mit seinem Rucksack und wenig Geld. In letzter Zeit sei er jedoch nicht mehr dazu gekommen. Marie möchte ihm am liebsten sagen, dass sie ihn da gerne schon gekannt hätte, dass sie gern mit ihm zusammen gereist wäre. Sie sucht nach Worten, aber kann keine passenden finden. Fragt ihn stattdessen, wie man es noch mal nennt, wenn man im Ausland bei fremden Menschen übernachtet, ohne dafür zu bezahlen.

Leben?

Marie schüttelt den Kopf und lacht, er lacht mit. Dann bleibt er stehen, legt seine Hände an ihr Gesicht und zieht sie zu sich heran.

Marie wusste nicht, dass Küssen so krass und intensiv sein kann. Sodass man nichts anderes mehr will und sowieso nichts anderes mehr kann.

Ihr wird schwindelig. Doch er hält sie fest. Sie riecht an seinem Hals und möchte den Geruch am liebsten in eine Dose packen.

Als sie die Augen öffnet, grinsen sie wie Teenager.

Das Handy vibriert in ihrer Tasche. Sie nimmt es in die Hand und löst ihren Blick von seinem. Ihre Mutter. Sie steckt das Handy schnell wieder ein. Ihre Mutter lebt allein und beschwert sich gerne bei Marie: über die

Stromrechnung, die Nachbarn, ihre Rente. Seit einiger Zeit fragt sie bei jedem Telefonat, wann Marie sie endlich wieder besuche. Manchmal spricht sie auch darüber, dass früher alles besser war. Früher bedeutet, bevor ihr Vater die Familie verlassen hat. Seit einigen Wochen fängt sie bei jedem Telefonat an zu weinen. Marie ist froh, dass sie sich jetzt nicht mit ihrer Mutter beschäftigen muss. Simon ist wie eine Rettungsweste.

Sie setzen ihren Spaziergang fort. Marie sieht nach unten. Es knirscht unter ihren Schuhen, immer lauter, immer deutlicher, bei jedem Schritt. Bevor die Stille zwischen ihnen unangenehm wird, beginnt Simon zu erzählen. Von seiner Mutter und dass er in Ost-Berlin aufgewachsen ist. Als Schüler wollte er immer in den Westen. Seine Augen glänzen verdächtig, als er ihr von Demonstrationen erzählt, auf die er heimlich mit seinen Freunden gegangen ist. Jung waren sie damals, erzählt er. Und auch etwas naiv.

Ich hätte nicht gedacht, dass ich das jemals erleben werde. Und dann war sie plötzlich auf, die Mauer. Aber wir wohnten trotzdem weiter im Osten. Zum Studium bin ich dann nach West-Berlin, sagt er.

Marie hört interessiert zu, während Simon erzählt. Das, wovon er berichtet, kennt sie nur aus Geschichtsbüchern.

Lass uns irgendwo was trinken. Was meinst du?, fragt er, schaut sie von der Seite an und streicht ihr eine Haarsträhne aus dem Gesicht. Dann sieht er sich erschreckt um, entspannt sich erst, als er merkt, dass sie die einzigen Spaziergänger auf der Straße sind. Er wirkt richtig erleichtert, denkt Marie.

Cappuccino? In unserem Café?

Simon nickt, und Marie lächelt.

Sein Händedruck ist fest, und noch nie hat sich etwas echter angefühlt, als seine Hand zu halten. Die Schritte und der Takt bringen sie zur Charité. Simon lässt ihre Hand nicht mehr los.

Das Café ist gut besucht, fast alle Tische sind besetzt. Der Barista vom letzten Mal steht auch heute wieder hinter dem Tresen. Trotz der langen Schlange malt er Gesichter in Tassen. Er singt, und den Gästen ist klar, dass es keine Show ist, sondern er das in erster Linie für sich macht. Während Marie und Simon auf ihre Bestellung warten, kommt eine junge Mutter mit ihrem Baby durch die Tür. Die Mutter ist eingepackt in eine Kapuzenjacke. Sie sieht erschöpft aus. Das Baby schreit.

Hast du Kinder?, fragt Marie in die Geräuschkulisse hinein und glaubt tief drinnen, dass es nicht der richtige Ort ist, um mit Simon über den Ring an seinem Finger zu sprechen. Es sind zu viele Ohren um sie herum.

Ja, antwortet er nur.

Simon schaut dem Barista zu, wie er eine Packung Milch aus dem Kühlschrank holt und sie in eine große Kanne umfüllt, um sie aufzuschäumen. Diesen Kaffee werden sie noch nicht bekommen, aber dafür sind sie die Nächsten in der Reihe.

Wie viele?, presst Marie hervor, schiebt die Hände in die Jackentaschen. Sie will es wissen, hier und jetzt. Man kann sich ja nicht immer verstecken, manchmal muss man auch mutig sein.

Zwei, antwortet Simon, als hätte er nur eine Kaffeebestellung aufgegeben.

Ungerührt studiert er die Kunstfertigkeit des Baristas,

der in seiner linken Hand eine Tasse Kaffee hält und mit der rechten Hand geübt die Milch in kleinen Schüben nach und nach dazugießt. Als er den fertigen Cappuccino über den Tresen schiebt, prangt auch auf dieser Tasse ein Gesicht mit Schaum gezeichnet obendrauf.

Deiner, sagt Simon und schiebt den Cappuccino nach links zu Marie rüber. Zwei Mädchen, fügte er noch hinzu, während er sich zwei Päckchen Zucker aus einer Schale nimmt und damit in seinen Händen spielt.

Zwillinge.

Marie hört ihrem Atem genau zu und spürt, wie er schneller wird. Ihr Körper ist noch im Café, aber ihre Gedanken sind weit weg. Simon erscheint ihr wie ein Geschenk unter dem Weihnachtsbaum, bei dem man später feststellt, dass die Geschenkbox leer ist. Enttäuschung macht sich in ihr breit, ihr Kopf schwirrt, es kommen keine Worte.

Wie betäubt folgt sie ihm nach draußen an einen freien Tisch. Langsam dringen seine Worte an ihr Ohr, ohne dass sie die Bedeutung greifen kann. Sie setzen sich, die Stühle dicht beieinander, und sie merkt, wie seine Nähe sie langsam wieder beruhigt.

Marie nippt an ihrem Kaffee, während Simon redet. Er redet schnell, seine Stimme erscheint ihr höher als üblich. Sie kommt kaum hinterher mit dem Verstehen, weil es so viele Sachen sind, die er sagt. Jugend, Freundin, Ultraschallbilder, und wieder Reisen. Die Reise nach Bangkok mit seinen Kumpels, als ihnen das Geld ausging und sie in einem Supermarkt günstig Bier gekauft haben, um es dann auf der Straße teurer wieder zu verkaufen. Oder als er mit seinen Freunden in Nizza am Flughafen noch schnell einen Joint gebaut hat, weil sie Angst hatten, das Gras mit ins Flugzeug zu nehmen und damit erwischt zu werden.

Warst du schon mal in Nizza?, fragt er.

Marie schüttelt den Kopf, spielt mit ihrer Tasse und stellt sich vor, wie es wäre, mit Simon zusammen wegzufliegen. Irgendwohin. Sie sucht seinen Blick und ertappt ihn dabei, wie er sie verträumt mustert.

Plötzlich springt Simon auf, greift nach ihrer Hand und zieht sie vom Stuhl hoch.

Ich bin heute nicht gut im Stillsitzen, der Tag war dafür zu aufregend. Gehen wir noch eine Runde.

Auch Marie spürt den Cocktail aus Koffein und Adrenalin in ihrem Blut. Sie ist froh, als sie sich wieder in Bewegung setzen. Doch sie merkt schnell, dass es nicht mehr ist wie vorhin, dass sich etwas verändert hat. Die Stimmung ist umgeschlagen, ohne dass sie es mitbekommen hat. Sie findet nicht mehr in einen Takt mit Simon. Seine Schritte sind schnell, sie erinnern Marie an ein Flugzeug, das auf der Startbahn anrollt. Sie glaubt, dass er gerade vor seinen Worten davonläuft, auch wenn sie nicht mehr genau hinhört, was er sagt. Sie konzentriert sich auf das Klacken ihrer Schuhe, bis sie wieder in einem Rhythmus sind. Bis sich ihre Schritte zu einer Melodie zusammensetzen. In Maries Kopf formt sich ein Lied, mit dem Klacken der Sohlen als Refrain. *Klack, klack. Klack, klack. Klack, klack. Klack, klack.*

Was meinst du?, fragt Simon in den Refrain hinein.

Marie weiß nicht, worum es geht. Sie war noch bei den Schuhen und dem Klacken und fragt sich, was nun aus dem Refrain wird.

Okay, dann machen wir das jetzt so, sagt Simon, und Marie blickt ihn fragend an, sie weiß immer noch nicht, worum es geht.

Das verstehst du doch hoffentlich, fährt er fort. Wir können uns nicht mehr treffen. Das ist zu gefährlich. Eine kleine Unachtsamkeit in deiner Nähe reicht schon aus, um meine Familie zu zerstören. Aber ich will auf jeden Fall weiter mit dir schreiben! Und darf ich dir noch eine App auf dein Handy laden? Lass uns doch bitte darüber kommunizieren. Das ist sicherer.

Unwillig neigt Marie den Kopf, Simons Worte stören den wiedergefundenen Rhythmus. Sie reicht ihm wortlos das Handy. Daraus lässt sich kein Refrain machen, und das lässt sich auch nicht summen. Mit leerem Blick betrachtet sie die anderen Spaziergänger, die Mütter mit ihren Kinderwägen, die Senioren mit ihren Hunden. Sie friert und spürt die wärmende Sonne nicht mehr, die ihr ins Gesicht scheint.

Der Himmel ist blau, als Marie ihr Fahrrad aufschließt und die Rückfahrt antritt. Sie fährt eigentlich immer Fahrrad, außer wenn sie das Cello transportieren muss. Der Wind hat die Wolkenwand von gestern restlos aus dem Bild geschoben. Obwohl es noch nicht warm ist, tragen die Berliner massenweise Säcke mit Erde und Pflanzen nach Hause, als gäbe es die im Baumarkt gerade umsonst. Dabei hat nur der Wettkampf um die schönste Bepflanzung der Stadtbalkone begonnen.

Die Verabschiedung von Simon ging schnell. Vor allem wenn man bedenkt, dass sie den halben Tag miteinander verbracht haben. Und dass sie Gefühle füreinander entwickelt haben, von denen sie noch nicht einmal wusste, dass es sie gibt. Simon hat das Gaspedal komplett durchgetreten, nur um dann ganz unvermittelt eine Vollbremsung hinzulegen.

Marie betrachtet die Balkone im Vorbeifahren. Auf dem einen stehen kleine Stühle, auf einem anderen ein Wäscheständer. Hochglanzwohnungen, kaputte Geländer, laute Musik. Marie möchte auch etwas bepflanzen. Grün machen, schön machen. In der Wohngemeinschaft gibt es keinen Balkon. Ihr Leben fühlt sich an wie auf der Reservebank. Sie wartet und wartet, aber der Einsatz kommt einfach nicht. Kurz dachte sie, mit Simon ist ihre Zeit auf der Reservebank beendet. Doch jetzt sitzt sie wieder abseits des Spiels, und ein Einsatz scheint in weite Ferne gerückt zu sein.

Auch heute fährt Marie an den Stadthäusern vorbei. Sie fragt sich, ob die Paare in den Häusern sich nach dem Abendessen streiten oder sich gemeinsam einen Wein aufmachen und ob sie noch regelmäßig Sex haben, wo die meisten hier doch schon zwei Kinder oder mehr haben. Es sieht idyllisch aus. Aber Marie weiß, dass es immer einen Haken gibt. Und sie ist zu jung für einen Haken, denkt sie, reißt den Lenker abrupt herum und biegt in ihre Straße ein. Als sie das Fahrrad gerade abschließen will, vibriert es in ihrer Tasche. Sie zögert einen Moment, dann holt sie ihr Handy heraus und öffnet die Nachricht, die in der neuen App eingegangen ist.

Samstag, 17:03

Simon:

Marie? Auch wenn wir uns nicht mehr treffen, will ich weiter von dir hören. Okay?

Marie:

Okay. Es war sehr schön heute.

Simon:

Fand ich auch. Es war nur schon fast zu schön.

Marie:

Wie kann denn etwas zu schön sein?

Simon:

Wenn man Angst hat, dass sich Gefühle entwickeln, die man nicht leben kann. Weißt du, wie ich das meine?

Marie:

Bereust du unser Treffen etwa?

Simon:

Nein, bereuen tue ich es nicht. Aber ich kann jetzt eben nicht weitergehen. Das verstehst du, oder?

Marie:

Ich glaube nicht, dass eine angezogene Handbremse hilft.

Simon:

Mag sein. Danke einfach für heute.

Samstag, 18:14

Marie:

Was ist das?

Simon:

Das im Hintergrund? Das ist mein Kleiderschrank.

Marie:

Schönes Design.

Simon:

Oh, danke. Ich wollte dir aber eigentlich gar nicht meinen Schrank zeigen, sondern die beiden Hemden. Hilf mir mal. Welches soll ich am Montag anziehen?

Marie:

Ist denn etwas Besonderes?

Simon:

Ja, ich muss zu einem Vortrag. Und bin unentschlossen. Was meinst du?

Marie:

Mhm, das blaue?

Simon:

Du meinst das dunkle?

Marie:
Ja, genau. Das passt zu deinen Haaren.

Simon:
Danke. Na, wenn das so ist, dann nehme ich natürlich das!

Simon:
Was machst du heute noch?

Marie:
Ich bin gerade nach Hause gefahren und stehe vor dem Späti bei mir ums Eck. Überlege, ob ich noch Eis mitnehmen soll.

Simon:
Welches haben sie denn da?

Marie:
Vanille und Espresso.

Simon:
Dann nimm Espresso.

Marie:
Mach ich!

Simon:
Und was machst du am Montag?

Marie:

Ich werde ein neues Stück proben mit einer Kollegin, und ich habe ganz vergessen, wie toll es ist, zusammen zu spielen. Ich würde es dir gerne vorspielen.

Simon:

Na klar. Unbedingt. Bitte.

Marie:

Um die Probe zu sehen, müsstest du aber zur Hochschule kommen.

Simon:

Ich werde mal in den Kalender schauen.

Marie:

Oder ich nehme es auf und schicke es dir.

Simon:

Das ist besser. Dann kann ich es jederzeit hören.

Marie:

Okay, dann machen wir das so.

Simon:

Ich mache jetzt hier weiter.

Marie:

Ich dann auch.

Simon:

Der Kuss war übrigens sehr angenehm.

Marie:

Das fand ich auch ...

***

Marie blinzelt und hält sich die Hand vor die Augen. Sie sucht nach Orientierung und wundert sich, dass sie ausnahmsweise nicht vom Wind geweckt wurde, der morgens immer unter der Eingangstür hindurch bis in ihr Zimmer zieht, sondern von den Sonnenstrahlen auf ihrem Gesicht. Es wird also wirklich langsam Frühling.

Ihre Finger tasten nach dem Wecker. 08.19 Uhr.

Es ist Sonntag, ihre Mitbewohner schlafen sicher noch. Marie hebt den Kopf und horcht. In der Wohnung ist es still. Sie schaut sich um, betrachtet ihr schlicht eingerichtetes Zimmer. Ohne grelle Farben, mit viel Holz. Direkt vor dem Fenster steht ein dunkler schwerer Holztisch neben einem großen weißen Bücherregal. Auf der anderen Seite ist der Kleiderschrank, darüber das selbst gebaute Hochbett, in dem sie liegt. Es ist fast wie eine zweite Etage, wodurch der Raum größer wirkt. Hier hält sie sich am liebsten auf. Für sie ist es Bett und Sofa in einem, ihr kleines Reich, von dem aus sie alles überblicken kann.

Marie will aufstehen, bleibt aber doch liegen. Sie rollt sich noch einmal fest in ihre Bettdecke ein und leckt sich mit der Zunge über die trockenen Lippen.

Die Kaffeemaschine ist noch aus, als sie in die Küche kommt. Marie schaltet sie an, damit sie schon mal aufwärmt. Ein lautes Brummen ertönt, und sie hofft, dass ihre Mitbewohner davon nicht geweckt werden. Während sie den Tisch deckt, meldet sich ihr Handy. Marie geht ran.

Guten Morgen! Hat alles geklappt am Freitag?, fragt Josie.

Ja, was denkst du denn, antwortet Marie.

Sie steht an der Spüle und lässt kaltes Leitungswasser in ein Glas laufen.

Danke dir, das ist wirklich toll.

Josie ist froh, das ist nicht zu überhören.

Er ist nett.

Marie trinkt einen Schluck aus dem Glas und setzt sich an den Küchentisch.

Wer?, fragt Josie.

Na, Simon.

Marie fällt ein, dass sie Josie die ganze Geschichte irgendwann erzählen muss. Und irgendwann ist vielleicht jetzt.

Ihr duzt euch?

Ja, ist doch angenehmer.

Marie wartet einen Moment, bis sie weitererzählt.

Wir haben uns im Café getroffen.

Sie trinkt noch einen großen Schluck aus ihrem Glas und stellt sich ans Küchenfenster. Von dort aus kann sie in den Innenhof schauen.

Ihr habt euch in einem Café getroffen? Josie wirkt überrascht.

Das hatte er vorgeschlagen, weil er ohnehin Mittagspause machen wollte, und für mich war das egal. Und gestern waren wir noch spazieren, sagt sie schnell.

Ihr wart spazieren?

Ja, antwortet Marie jetzt doch etwas zögerlich.

Gefällt er dir etwa?, fragt Josie.

Vielleicht, sagt Marie.

Okay, das ist strange.

So was sucht man sich doch nicht aus, verteidigt sich Marie.

Er ist doch schon ein paar Jahre älter, oder?

Bisschen, ja. Ich weiß nicht, es ist seltsam. Aber es ist schön, ihn kennengelernt zu haben.

Werdet ihr euch wiedersehen? Josie wirkt jetzt doch neugierig.

Wir treffen uns jetzt erst einmal nicht wieder. Wir schreiben uns Nachrichten und schauen, was passiert.

Und das reicht dir?

Marie zuckt mit den Schultern, auch wenn sie weiß, dass Josie das nicht sehen kann.

Bitte erzähl Eileen nichts davon.

Wenn du das nicht willst, dann mache ich das auch nicht, sagt Josie.

Danke. Wo ist sie eigentlich?, fragt Marie.

Eileen? Ich weiß es nicht. Aber ich könnte sie orten, kichert Josie.

Wie meinst du das?

Hast du nicht von dieser App gehört? Damit kann man sich auf seinem Handy anzeigen lassen, wo sich die andere Person aufhält. Eine App für Paare, die gibt es schon länger.

Ich hatte keine Ahnung, dass du so eine App nutzt, sagt

Marie, während sie sauberes Geschirr vom Abtropfgestell in den Küchenschrank einräumt.

War auch nur ein Witz. Ich will mit dir auch gar nicht über diese App sprechen. Erzähl mir lieber von eurem Spaziergang.

Marie zögert, doch dann formen sich die Worte langsam in ihrem Kopf, und auf einmal sprudelt alles aus ihr heraus. Sie kann es gar nicht zurückhalten. Sie muss irgendwem mitteilen, was sie mit Simon erlebt hat, damit es sich real anfühlt.

Nachdem Marie Josie alles erzählt hat, legen sie auf.

Es zischt, und Marie blickt in die Richtung, aus der das Geräusch kommt. Heißes Wasser spritzt aus der Kaffeemaschine in alle Richtungen. Überall braunes Wasser. Verbrannter Geruch. Noch mehr Zischen.

Marie öffnet ein Fenster.

Scheiße!, ruft sie.

Jetzt ist ihr egal, ob die Mitbewohner von ihrem Fluchen aufwachen. Sollen sie doch wach werden.

Scheiße, scheiße!

Es reicht einfach. Sie hat keine Lust mehr auf schlecht gereinigte Kaffeemaschinen und bröckelnden Putz an den Wänden. Sie nimmt den Behälter mitsamt dem alten Filter aus der Maschine und kippt ihn über dem Müll aus. Dabei ignoriert sie die aufgescheuchten Fruchtfliegen, schnappt sich einen neuen Filter, befüllt ihn mit Kaffee und drückt noch mal auf Start. Sie sieht aus dem Fenster. Es regnet. Dünne Tropfen kommen auf dem Fenstersims auf, immer stärker, immer schräger. Die Woche ist vorbei, alle gehen ihren Wochenendplänen nach. Marie sieht

Menschen, Taschen, Regenschirme. Eine Nachbarin läuft schnell an ihrem Fenster vorbei, sie hält dabei einen Schal über ihren Kopf. Der Regen hat sie überrascht, denkt Marie. Sie schaut auf den nackten Holzrahmen des Küchenfensters, der seine ehemals rote Farbe inzwischen verloren hat. Über die Zeit ist der Lack fast vollständig abgeblättert. Nur der Fenstergriff aus poliertem Messing glänzt nach wie vor golden. Er ist geschwungen, sieht aus wie ein breiter Mund, wirkt beinahe echt. Schön sieht das aus, denkt Marie.

Während sie sich frischen Kaffee einschenkt, stellt sie sich vor, was Simon wohl an diesem Sonntagmorgen macht. Er wird sicher schon einen Cappuccino getrunken haben, mit Kindern ist man ja meist früh wach, dabei hat er vermutlich auf dem Handy die ersten Nachrichten überflogen. Eine Schachtel Zigaretten neben sich, denn bevor es angefangen hat zu regnen, saß er bestimmt auf der Terrasse.

Gestern hat er Marie beim Chatten von seiner Familie erzählt. Die Hausarbeit, die Kinder, der Alltag. Es war seine Frau, die ein Jahr lang bei den Kindern geblieben ist. Nach der Geburt der Zwillinge hatte sie dann keine Lust mehr auf die Arbeit an der Uni und versucht sich seitdem als Romanautorin. Wohl ohne Erfolg, denn er hat angedeutet, dass sie bisher noch nichts veröffentlicht hat.

Simon hat die ganze Zeit über weitergearbeitet. Er sagt, er wäre gern mehr bei den Kindern gewesen, aber da seien eben auch das Haus, Schulden, Verantwortung. Das Wochenende verbringt er meist damit, für die Familie einzukaufen, zu kochen und die Kinder zu Musik-Workshops oder zum Sport zu fahren. Zwischendurch geht er mit dem Hund in den Wald, eine gute Ausrede, um mal allein zu sein. Seine Frau hat am Wochenende gern Gäste, er lieber seine Ruhe. Manchmal muss er samstags auch noch in der Charité arbeiten, es fühlt sich dann an wie auf der Flucht sein. Einmal ausbrechen aus der Verantwortung und dem familiären Korsett. Dabei hat er sich mit seiner Frau genau das Leben aufgebaut, das er sich immer gewünscht hat.

Während Marie sich Wasser in die Badewanne einlässt, wundert sie sich, dass er mit ihr über so private Dinge redet. Sie denkt über seine Sätze nach, und sie versetzen ihr einen Stich. Vor allem der letzte tut weh: Er hat schon die Frau und die Familie, die er sich immer gewünscht hat. Streitereien um Geld und Aufgabenteilung erwähnt er nicht, aber Marie kann sich vorstellen, dass es einige gab. Ein bisschen Unzufriedenheit kann sie schon heraushören. Das beruhigt sie dann doch ein wenig.

In der Badewanne fällt ihr wieder die App ein, von der Josie erzählt hat. Was es nicht alles gibt, denkt sie und fragt sich, ob Simon und seine Frau auch so eine App benutzen. Wollen sie immer wissen, wo der andere ist? Vertrauen sie sich so sehr, dass sie sich gegenseitig permanenten Zugriff auf ihren Standort gewähren? Oder vertrauen sie sich gerade nicht und wollen deswegen immer sehen können, wo der andere ist? Was will diese App eigentlich?

Marie geht in den App-Store, um sich das Ganze einmal genauer anzusehen. Sie ist neugierig geworden. Ein Hase mit langen flauschigen Ohren ist das Logo. Sieht eigentlich ganz harmlos aus. So eine App benutzen ihre besten Freunde also. Das hätte sie nicht gedacht. Marie kichert und klickt auf »Laden«, als eine Nachricht von Simon auf ihrem Display erscheint.

Sonntag, 11:55

Simon:
Bist du zu Hause?

Marie:
Ja. Und du?

Simon:
Ich auch.

Marie:
Was machst du Schönes?

Simon:
Ich habe gekocht, die Spüle steht voll, die Waschmaschine piepst, eine Vase ist runtergefallen, ein Schrank will aufgebaut werden, ich muss noch eine Studie für die Arbeit lesen und bin gerade mal fünf Minuten mit dem Hund in den Wald, weil es aufgehört hat zu regnen.

Marie:
O nein.

Simon:
Und du?

Marie:

Ich liege in der Badewanne. Wahrscheinlich dürfte ich das gar nicht schreiben, oder?

Marie:

Du könntest jetzt mit mir hier liegen. ;-)

Simon:

Nichts würde ich lieber tun. Aber hier ist es auch okay! Ich sitze jetzt auf der überdachten Terrasse und schaue in den Himmel.

Marie:

Wolltest du dein Leben immer so ... vollpacken?

Simon:

Ich wollte immer eine Familie haben, wenn du das meinst, aber wie das ist, merkt man ja dann erst richtig, wenn man bereits drinsteckt ...

Simon:

Ich finde es meistens schön, also eigentlich immer. Nicht dass du mich falsch verstehst. Ich mag mein Leben. Aber ich kann mir z. B. nicht einfach mal eine längere Auszeit nehmen.

Marie:

Und wolltest du immer Kinder?

Simon:

Ja, und auch nie nur eins. Aber eben auch nicht mehr

als zwei. ;-) Bei drei oder vier braucht man ja dann auch schon ein größeres Auto. Es ist perfekt, wie es ist.

Simon:
Was ist mit deiner Familie?

Marie:
Meine Familie ... da ist nur meine Mutter. Ich habe schon länger nicht mehr mit ihr telefoniert.

Simon:
Gibt es Probleme?

Marie:
Ja. Also nein. Aber egal.

Marie:
Sitzt du immer noch auf der Terrasse?

Simon:
Ja, ich sitze draußen.

Marie:
Musst du nicht wieder rein?

Simon:
Erst, wenn du mir erzählt hast, was los ist.

Marie:
Also gut.

Marie:

Meine Mutter fängt seit einiger Zeit immer an zu weinen, wenn wir telefonieren.

Simon:

Warum das?

Marie:

Weil sie allein ist. Weil sie nur wenige soziale Kontakte hat. Und weil sie möchte, dass ich sie mehr besuche.

Simon:

Besuchst du sie denn nicht?

Marie:

Doch, natürlich. Ich fahre regelmäßig hin und bleibe meistens auch übers Wochenende. Aber ich habe auch mein eigenes Leben.

Simon:

Lustig, dass du das schreibst.

Marie:

Wieso ist das lustig?

Simon:

Ich habe mich auch lange Zeit für meine Mutter verantwortlich gefühlt. Hab ihre Miete bezahlt, ihre Steuer gemacht, es war immer selbstverständlich.

Marie:
Genau wie bei meiner Mutter.

Simon:
Ich habe mich sogar öfter mit meiner Frau deshalb gestritten.

Simon:
Wir hatten zu der Zeit wirklich kein eigenes Leben.

Marie:
Dann weißt du ja, wie das ist.

Marie:
Langsam kommt mir das hier etwas unheimlich vor.

Simon:
Und mir erst ...

Marie:
Aber irgendwie beruhigend zu wissen, dass es nicht nur mir so geht.

Simon:
Ich finde es auch schön, dass wir darüber reden können.

Marie:
Ja, das ist schön.

Simon:

Liegst du immer noch in der Badewanne?

Marie:

Ja, das tu ich. Warum?

Simon:

Nur so.

Marie:

Bin ich jetzt dein Lustobjekt? ;-)

Simon:

Nein, das bist du nicht.

Simon:

Du hast mich wirklich erwischt.

Sonntag, 13:12

Simon:

Hast du gelesen, was ich geschrieben habe?

Marie:

Ja.

Simon:

Und was sagt du dazu?

Marie:

Du hast mich auch erwischt.

***

Marie:

Du hast es im Café so dahingesagt, aber es hat was mit mir gemacht, dass du nicht nur verheiratet bist, sondern auch Kinder hast.

Marie:

Und obwohl du gesagt hast, dass wir uns nicht mehr sehen können, hast du mir weiterhin geschrieben.

Marie:

In den Nachrichten waren wir uns sofort nah, und das nicht nur, weil wir die gleichen Themen hatten.

Marie:

Ich mochte die Art, wie du mir geschrieben hast. Und ich mochte, was deine Nachrichten mit mir gemacht haben.

Marie:

Ich bin aus dem Grinsen gar nicht mehr herausgekommen.

Marie:

Wir haben uns Hunderte Nachrichten geschrieben. Deine Nachrichten waren so anders als die Gespräche mit anderen. Lustig, ironisch, nachdenklich.

Marie:

Ich habe mich in deinen Worten erkannt, und das hat

mich umgehauen. Weil du sofort so viel über mich zu wissen schienst.

Marie:
Dann sind wir uns doch wieder über den Weg gelaufen, obwohl wir uns ja nicht mehr treffen wollten.

Marie:
Du standst plötzlich vor mir, als ich auf einem Konzert war.

Marie:
Ich habe mich so gefreut.

Marie:
Ich dachte nur, was für ein schöner Zufall!

DREI

Seine Hand wandert ihren Rücken hinauf. Marie hofft, dass er nicht aufhört, dass er immer weitermacht. Seine Hand ist kalt, ihr Körper glüht. Sie muss irgendwann stopp sagen – stopp, stopp, stopp! Vielleicht wird sie auch sagen Schluss jetzt, und dabei grinsen, weil sie nicht allein sind.

Marie und Simon sitzen im Wintergarten eines Restaurants. Seit ihrem letzten Treffen sind zwei Wochen vergangen, und Marie hat die Tage gezählt, die sie sich nicht gesehen haben, in der Hoffnung, dass es doch irgendwann passiert. Dass sie sich zufällig begegnen. Und heute war es dann tatsächlich so weit.

Sie trägt eine dunkelgraue Hose und ein schwarzes Oberteil, darüber einen braunen Übergangsmantel. Ihre Lippen hat sie strahlend rot angemalt, ihr Körper ist umhüllt von Parfum mit einer leichten Jasmin-Note, das gibt ihr ein Gefühl von Sicherheit. Sie schaut durch die Scheibe ins Restaurant, die Kellnerin ist mit Gästen beschäftigt. Simon und sie sitzen auf weißen Stühlen. Neben ihnen steht ein silbergrauer Metalltisch, darauf eine Flasche Wasser, zwei Gläser Martini Blue und ein voller Aschenbecher. Marie dreht sich zu ihm. Ihre Wange an seinem Hals. Sie könnte ewig so dasitzen, die Hände an seinem Arm, und alles bleibt stehen, einfach genau so, wie es jetzt ist.

Sie hatte heute nicht mit Simon gerechnet. Als sie dann mit ihrer Jacke die Treppe zum Ausgang hinunterging, stand er plötzlich dort: mit einem Glas Wein, an der Bar.

Kurz war sie wie versteinert, doch dann hat sie sich riesig gefreut über diese unverhoffte Begegnung, und er sich offensichtlich auch. Er hat ihr auch einen Wein geholt, dabei hatte sie nicht danach gefragt. Aber Alkohol war sicher gut, und sie hatte Durst.

Da standen sie dann, an einem weißen Stehtisch, mit vollen Gläsern. Sie wollten sich mit Worten anfassen, und Marie war überfordert von allem. Sie sahen sich direkt an, und sie hielt sich an ihrem Glas fest, weil sie nicht wusste, an was sie sich sonst festhalten sollte. Die Umgebung wurde immer durchsichtiger, bis sie nach und nach verschwand und nur noch seine Augen übrig blieben. Neben Simon fühlte sie sich wie ohne Kleider.

Irgendwann waren die Gläser leer, und er fragte, ob sie noch weiterziehen wollen. Sie sagte nur ja, und dann gingen sie ein paar Straßen weiter in eine Bar.

Hier sitzen sie nun also, im Wintergarten, und trinken Martini Blue. Ein weißer Altbau mit französischen Balkonen, einer roten Markise und kleinen weißen Tischen. Die Restaurant-Bar ist etabliert und altehrwürdig, eine Institution in West-Berlin. Obwohl es abends kühler geworden ist, ist es nicht kalt. Eine durchsichtige Plane verhindert, dass der Wind von draußen zu ihnen hineindringt. Es gibt Heizstrahler.

Marie streicht mit der linken Hand über Simons Kopf, der inzwischen an ihrer Brust lehnt. Er muss dieses Pochen und Klopfen in ihrem Innern hören können, aber sie hat nichts zu verbergen. Soll er es doch hören, soll er doch alles hören und jedes noch so kleine Zucken spüren. Sie ist so froh, dass ihre Augen glänzen, aber vielleicht kommt die Sentimentalität auch nur vom Alkohol.

Das Restaurant leert sich. Marie und Simon sind jetzt die einzigen Gäste, die noch im Wintergarten sitzen. Nur ab und zu laufen Spaziergänger an ihnen vorbei, aber es fühlt sich nicht an wie Publikum.

Simon seufzt leise und legt seine Arme um ihre Schulter, zieht sie mit sachtem Druck zu sich heran. Sie könnten sich kaum näher sein, als sein Blick ungewohnt ernst wird. Dann setzt er sich wieder gerade hin und nimmt ihre Hand.

Was machst du nur mit mir, fragt er leise.

Ich mache doch nichts, sagt Marie und weiß aber genau, was er meint.

Ich kenne große Gefühle, sagt er, und sie weiß nicht genau, was er damit sagen will. Meint er, dass er große Gefühle erkennt, wenn er sie vor sich hat, so wie jetzt zwischen ihnen? Oder will er sagen, dass er hier der Profi ist? Das stimmt wahrscheinlich sogar.

Ich nicht, antwortet sie nur und lacht.

Marie schaut ihn direkt an. Doch er weicht ihrem Blick aus.

Ich kann keine Kinder mehr bekommen, sagt Simon plötzlich und schaut ihr dann doch fest in die Augen.

Marie weiß nicht, was sie antworten soll. Mal ist es ganz leicht zwischen ihnen und dann wieder so ernst.

Sie will etwas sagen, aber Simon kommt ihr zuvor.

Bei uns hat es Jahre gedauert, bis das mit den Mädchen geklappt hat. Drei Fehlgeburten, künstliche Befruchtungen. Und es lag an mir.

Simon fixiert etwas auf dem Boden.

Ich kann doch nicht immer wieder von vorne anfangen, fügt er leise hinzu.

Natürlich kann man immer wieder von vorne anfangen, immer und immer wieder. Aber Simon will nicht mehr von vorne anfangen, denkt Marie.

Die Verliebtheit hält ja doch nur zwei Jahre etwa an, und danach kommt die Arbeit. Das wäre auch bei uns so, sagt er, aber seine Stimme klingt etwas dünn, und sein Blick weicht ihrem erneut aus. Er holt tief Luft und setzt wieder an.

Ich möchte einfach nichts tun, was mein Leben gefährdet, das musst du verstehen.

Marie schweigt. Sie hätte an diesem Abend lieber über etwas anderes geredet, aber jetzt reden sie doch darüber, und dann kann sie auch fragen.

Läuft es bei euch nicht so gut?

Es ist etwas absurd, dass sie solche Gespräche führen und sich dabei im Arm halten. Aber vielleicht ist es besser, wenn sie sich dabei festhalten.

Er senkt den Kopf.

Es läuft nicht mehr gut, seit wir uns schreiben.

Seine Gesichtszüge werden hart.

Ich möchte mit Hannah alt werden, sagt er mit fester Stimme. Ich will dieses Leben. Mit den Kindern. In dem Haus am Waldrand.

Aber warum bist du dann hier?, fragt Marie.

Simon greift zu seinem Glas, es ist fast leer. Die Antwort bleibt er ihr schuldig.

Seine linke Hand zittert leicht, als er sich eine neue Zigarette ansteckt. Sie bleiben noch eine ganze Weile sitzen, rauchen eine nach der anderen. Die Bedienung scheint zu spüren, dass sie allein gelassen werden wollen, und kommt nicht an ihren Tisch.

Wollen wir etwas gehen?, fragt Simon schließlich. Sein Blick ist fest, und Marie sieht in seinen Augen, dass es um etwas geht.

Sie will diesen Menschen. Noch nie wollte sie etwas so sehr. Und das, obwohl sie sich erst seit wenigen Wochen kennen. Und auch, obwohl er ihr gerade gesagt hat, dass er mit seiner Frau alt werden will. Noch nie hatte ihr Kopf so wenig zu sagen, und noch nie hatte sie so sehr das Gefühl, es gehe um Leben und Tod, wie in diesem Moment, wie hier, neben Simon. Im Wintergarten.

Simon wartet auf eine Antwort.

Marie gibt ihm einen Kuss auf die Stirn.

Klar, ich muss nur noch mal eben weg, sagt sie.

Er schaut kurz etwas erschrocken.

Bin gleich wieder da, sagt sie schnell, und Simon wirkt erleichtert.

Als Marie von der Toilette kommt, sieht sie, dass Simon bezahlt. Die Kellnerin steht neben ihm, das Portemonnaie in der Hand. Marie schätzt sie auf Anfang dreißig. Sie trägt ein kurzes Kleid, darüber eine Schürze. Simon lächelt, als er ihr einen Schein in die Hand drückt. Marie fragt sich, ob die rothaarige Bedienung ihm gefällt. Die lächelt zurück und macht den Weg frei. Marie schiebt den Gedanken zur Seite und winkt Simon zu.

Die Straßen sind leer, nur ab und zu fährt ein Auto an ihnen vorbei. Marie schaut Simon von der Seite an. Sein Blick ist geradeaus auf den Weg gerichtet. Gut sieht er aus, in seiner grauen Jacke, der schwarzen Jeans und den Turnschuhen. Ihr Blick wandert zu ihrer Hand, die in seiner liegt. Noch nie hat sich etwas so richtig angefühlt, obwohl es offensichtlich falsch war. Der Wind rauscht an ihnen vorbei, wird immer lauter, zerrt an ihren Haaren. Wie zwei Teenager laufen sie durch Berlin, euphorisiert. Sie grinst ihn an, und er grinst zurück, kommt plötzlich ganz dicht an sie heran, kitzelt sie unter ihrem Mantel. Sie quietscht und springt zur Seite.

Hör sofort auf, du Idiot!, ruft sie.

Wieso denn, ich fang doch gerade erst an!

Er streckt die Hand nach ihr aus, sucht erneut nach einer kitzligen Stelle, und sie lacht, windet sich in seinem Griff. Doch Simon hält sie fest, presst sich ganz dicht an sie heran. Sie schwitzt vom Blödeln, pustet sich eine Haarsträhne aus dem Gesicht, gibt jetzt nach und lässt die Nähe zu.

Simon sieht sie ernst an, seine Hand gleitet zwischen ihre Beine. Alkohol hängt in der Luft und macht etwas mit der Fantasie. Er scheint zu allem bereit, denkt Marie, aber sie ist es nicht, weil seine Worte von vorhin noch in ihren Ohren Bingo spielen. Sie schiebt seine Hand weg und läuft weiter. Simon holt sie ein und betrachtet ihr Gesicht im Profil.

Geht's dir gut?

Marie sagt nichts. Dann antwortet sie doch.

Wegen dem, was du vorhin gesagt hast …

Ja?

Sie bleibt an der Kreuzung stehen.

Ach, egal.

Sie macht eine abwinkende Bewegung mit der Hand, möchte plötzlich doch nicht mehr mit ihm darüber reden.

Hast du Lust, bald mal mit mir auf ein Konzert zu gehen?, fragt sie stattdessen.

Das würde ich sehr gerne. Er nimmt ihre Hand und drückt sie fest.

Marie wird rot und erwidert den Druck.

Ich würde so gern so viel mit dir machen, sagt er.

Wir könnten doch einfach abhauen?, schlägt sie vor und lacht.

Wo würdest du denn gerne hin?, fragt er.

Marie antwortet sofort.

Irgendwo ans Meer vielleicht?

Ich liebe das Meer, schwärmt er.

Sie glaubt, dass seine Augen zittern. Dabei können Augen eigentlich nicht zittern.

Ich kann mir nichts Schöneres vorstellen, als mit dir im Sand zu liegen.

Griechenland?, fragt er.

Warum nicht.

Marie zuckt mit den Schultern. Sie war noch nie in Griechenland.

Es ist plötzlich kalt, und sie ist froh, so feste Schuhe angezogen zu haben. Simon steuert auf einen Taxistand zu. Er erzählt von Taxifahrten durch Ost-Berlin und seiner Sehnsucht nach dem Westen.

Heute fahre ich nicht mehr gerne in den Osten, gibt er zu.

Und damit sicher auch nicht gerne zu mir, ergänzt Marie in Gedanken.

Aber damals war es mein Alltag, und der hatte auch schöne Seiten, sagt er. Was ich nicht mochte, war das Überwachtwerden. Darunter haben meine Großeltern und Eltern noch mehr gelitten, ich war ja noch ein Kind. Trotzdem habe ich es gespürt. Dass man nie wirklich sicher sein konnte, allein zu sein. Dass man immer Angst haben musste, beobachtet zu werden. Das war immer präsent. Jeder hat doch ein Recht, in Ruhe gelassen zu werden.

Marie zieht ihn zu sich heran, hält ihn ganz fest, es kann ihr nach dieser Offenbarung nicht nah genug sein. Er erzählt ihr aus seinem Leben, lässt sie teilhaben an seinen Erfahrungen, das muss etwas bedeuten.

Abrupt löst sich Simon aus der Umarmung, hält sie auf Abstand.

Ich nehme mir ein Taxi. Und du solltest das auch tun, sagt er.

Vielleicht ist er schon wieder nüchtern, denkt sie, von dem Stimmungswandel überrumpelt. Der Moment ist vorüber, ihr gemeinsamer Abend vorbei. Doch das mit Simon wird hoffentlich nicht so schnell wieder vorbeigehen. Manche Dinge gehen ja irgendwann weg. Sie werden blasser, bis sie schließlich im Nirgendwo verschwinden. Doch das zwischen ihnen will sie festhalten. Und ein Blick in seine Augen verrät, dass es ihm nicht anders geht. Diese Sicherheit ist so beruhigend wie eine Friedenspflicht oder Kamillentee.

Freitag, 23:01

Marie:
Bist du noch wach?

Simon:
Ja, ich wollte gerade ins Bett.

Marie:
Das mit uns ist seltsam, oder?

Simon:
Wie meinst du das?

Marie:
Es ist doch seltsam, dass wir uns noch nicht lange kennen, uns aber hier täglich schreiben.

Simon:
Willkommen in der virtuellen Welt.

Marie:
Findest du das mit uns ist »virtuell«?

Simon:
Nein, das ist es nicht. Wir haben uns ja heute gesehen. Aber es ist eben auch nicht das richtige Leben.

Marie:
Was ist denn das richtige Leben?

Simon:

Das richtige Leben, damit meine ich den Alltag. Das Leben, das man mit einer Person teilt.

Marie:

Hattest du schon viele Beziehungen?

Simon:

Ja, eigentlich war ich immer in irgendwelchen Beziehungen.

Simon:

Und du?

Marie:

Eigentlich war ich immer allein. Meine längste Beziehung hat ein knappes Jahr gedauert.

Simon:

Das ist nicht sehr lang.

Marie:

Nein, es war auch mehr eine Jugendbeziehung.

Simon:

Da sind wir anscheinend sehr unterschiedlich.

Marie:

Das kannst du wohl sagen.

Marie:
Kannst du mir noch einen Gefallen tun?

Simon:
Kommt drauf an.

Marie:
Kannst du noch schnell auf meine Seite gucken?

Marie:
Ich möchte sehen, was dir von meinem Profil angezeigt wird.

Simon:
Okay. Aber danach ist Schluss. ;-)

Marie:
Und, was siehst du?

Freitag: 23:49

Simon:
Also, ich sehe mehrere Bilder und deinen letzten Eintrag. Mehr sehe ich nicht.

Marie:
Kannst du das im Kreis oben sehen?

Simon:
Nein, dazu müsste ich dir folgen.

Marie:
Das heißt, du folgst mir noch nicht?

Simon:
Nein, das tue ich nicht. Werde ich aber sofort ändern!

Simon:
Ich würde dich jetzt gern berühren.

Marie:
Und ich würde dir gern meine Zunge in den Hals stecken. ;-)

Simon:
War klar, dass du die Romantik zerstörst. Schlaf gut!

Marie:
Gute Nacht! xx

***

Marie sitzt in der S-Bahn auf dem Weg zum Flughafen Schönefeld. Sie schaut aus dem Fenster: Schrebergärten, Hochhäuser, Einkaufscenter. Die Umgebung fliegt an ihr vorbei, immer schneller, während sie immer weiter raus fährt. Sie hat nur einen Pulli und eine kleine blaue Tasche bei sich, darin ein Portemonnaie, ihre Schlüssel. Den Pulli hat sie zur Sicherheit mitgenommen, falls ihr in dem roten Kleid kalt werden sollte.

Sie sieht zu den anderen Fahrgästen, die mit ihr in der Bahn sitzen, viele mit Koffern und großen Reisetaschen.

Die meisten sitzen nicht aufrecht, sondern gekrümmt. Sie ist also nicht die Einzige, die sich den Rücken kaputt gemacht hat, durch falsche Haltung und zu wenig Bewegung. Manche schauen aus dem Fenster, andere unterhalten sich oder starren auf ihr Handy.

Marie öffnet mit der linken Hand den Reißverschluss ihrer Tasche, fischt nach ihrem eigenen Handy, um nachzusehen, ob Simon ihr geschrieben hat. Sie trifft ihn gleich, in einem Bistro. Am Flughafen. Ihre linke Hand zittert leicht, als sie das Handy wieder in ihrer Tasche verstaut. Keine neue Nachricht. Sie sieht aus dem Fenster. Es ist nicht mehr weit, nur noch ein oder zwei Stationen. Dann ist sie da. Dann sehen sie sich endlich wieder. Das letzte Treffen ist Wochen her.

Wenn die Sehnsucht größer wird als der Verstand, muss man etwas tun, hat sie sich gesagt, bevor sie sich auf den Weg gemacht hat. Marie betrachtet ihre Finger, heute ohne Pflaster. Sie ist zufrieden. Die Fingerkuppen sind weitgehend verheilt und ihre Hände vorzeigbar. Simon hat schöne Hände, und sie glaubt, dass ihm Hände wichtig sind.

Die Bahn kommt zum Stehen, alle Fahrgäste steigen aus. Marie nimmt ihre Tasche und ist schneller an der Tür als sonst. Simon und sie haben sich spontan verabredet, nachdem sie gestern bis in die Nacht geschrieben haben. Er hat erzählt, dass er heute für eine Weiterbildung nach London fliegt, und gefragt, ob sie sich nicht am Flughafen treffen wollen. Dort könnten sie ungestört einen Kaffee trinken. Sie hat es offengelassen, ob sie kommt. Simon soll sich ihrer nicht zu sicher sein. Aber sie konnte dann doch nicht anders und ist wie blind zur S-Bahn gelaufen.

Das Bistro ist bunt eingerichtet, mit orangefarbenen Wänden und roten Tischen, aber ohne Fenster. Nur zwei Tische sind belegt. Marie sucht sich einen Platz weiter hinten, mit Blick Richtung Tür. Auf dem Stuhl neben sich legt sie ihren Pulli und die Tasche ab. Sie überlegt, ob sie schon bestellen soll, wartet dann aber doch noch. Nervös holt sie wieder ihr Handy heraus. Nichts Neues von Simon. Dafür eine Sprachnachricht von Josie.

Kommst du in den Garten?, hört sie ihre Freundin gut gelaunt fragen.

Marie drückt auf das Aufnahmesymbol und spricht eine kurze Antwort ein: Kann nicht. Bin am Flughafen.

Was machst du am Flughafen?, kommt es sofort zurück.

Mit Josie gehen die Sprachnachrichten oft stundenlang hin und her.

Ich bin mit Simon verabredet.

Ach, sagt Josie.

Sie sagt nur das, und Marie fühlt sich ertappt.

Was heißt hier »ach«. Wo sollen wir uns sonst treffen?

In einer einsamen Scheune? Hier in den Rehbergen gibt es so was.

Manchmal sind ihre Nachrichten lang, über fünf Minuten, doch Josie hält sich heute kurz.

Merke ich mir für nächstes Mal, antwortet Marie.

Okay. Melde dich einfach, wenn du doch noch vorbeikommen willst. Wir grillen und feiern mein Gesundheits-Comeback, mir geht's nämlich endlich besser.

Das freut mich! Das feiern wir ganz bestimmt bald nach, sagt Marie und hat ein schlechtes Gewissen. Doch sie kann heute nicht, sie hat sich so nach einem Wiedersehen mit Simon gesehnt. Wo bleibt er denn eigentlich?

Eine halbe Stunde muss Marie warten, bis Simon in der Tür erscheint und bepackt mit seiner Ledertasche und einem Koffer ins Bistro stolpert. Er macht eine entschuldigende Geste, steuert auf Marie zu und lächelt.

Jetzt weiß ich endlich wieder, wie du aussiehst, sagt sie, etwas spitzer, als sie es eigentlich vorhatte. Simon umarmt sie umständlich. In den Nachrichten sind sie sich so nah, doch jetzt müssen sie sich erst aufwärmen.

Was willst du trinken?

Simon fragt ein bisschen zu laut und springt schon wieder auf, dreht sich in Richtung Theke. Er will offensichtlich etwas tun. Seine Hände zittern.

Cappuccino, wie immer, antwortet Marie und genießt es, dass er sich kümmert. Das nächste Mal zahle ich dann aber!, ruft sie ihm hinterher und meint es ernst.

Als Simon an den Tisch zurückkommt und ein gelbes Tablett mit zwei Tassen darauf abstellt, reicht sie ihm ohne abzuwarten eine Papiertüte.

Für mich?, fragt Simon, obwohl es eindeutig ist.

Er setzt sich, schiebt seinen Cappuccino zur Seite und nimmt die Tüte entgegen.

Das ist ja nett, sagt er und blickt neugierig hinein. Schließlich zieht er ein graues Hemd heraus.

Das sieht aus wie mein Hemd, stellt er überrascht fest. Also das Hemd, von dem ich dir mal ein Bild geschickt habe.

Genau.

Marie strahlt ihn erwartungsvoll an.

Das Hemd ist getragen, oder?

Er hält es sich unter die Nase.

Riecht nach deinem Parfum. Und dir.

Marie grinst breit.

Ich habe es besorgt und eingetragen. So kann ich indirekt immer in deinem Bett liegen, sagt sie.

Simon vergräbt sein Gesicht in dem Hemd.

Das riecht gut, sagt er leise. Dann faltet er das Hemd wieder zusammen und legt es zurück in die Tüte. Schmeckt der Cappuccino?, fragt er, während er ihr Geschenk in seiner Ledertasche verstaut.

Marie nickt, dabei hat sie noch gar nicht probiert. Sie möchte nicht mit ihm über Kaffee reden, aber sie will auch nichts sagen, was ihn unter Druck setzt. Diese Minuten zusammen sind so kostbar, und sie können sicher nicht ewig hier sitzen.

Ich würde gerne eine Zigarette rauchen. Kommst du mit raus?, fragt Simon, während er die Tasse in einem Zug leert.

Marie spürt seine Unsicherheit. Sie glaubt, dass er sich beruhigen muss. Also steht sie auf, stopft den Pulli in ihre Tasche und hängt sie sich über die Schulter. Während Simon das Tablett zur Theke bringt, schnappt sich Marie auch seine Tasche und den Koffer und geht schon mal Richtung Tür. Sie erwischt sich bei dem Gedanken, dass sie einfach mitfliegen könnte. Ganz spontan. Sie könnte die Stadt ansehen, während er beschäftigt ist. Abends könnten sie dann gemeinsam an der Themse entlangschlendern und sich einen gemütlichen Pub suchen. Sie bräuchten sich nicht verstecken, niemand würde sie kennen. Sie blickt zu Simon und überlegt, ob sie sich das trauen würde. Ob er sich das trauen würde.

Er kommt zu ihr und nimmt ihr die Tasche ab. Greift nach seinem Koffer und macht eine Handbewegung, die signalisiert, dass Marie vorgehen soll. Sie mag diese Geste. Die Männer, die sie sonst in Clubs kennenlernt, lassen sie weder vor noch durch. Sie wissen nicht, ob sie heute einen Mann oder eine Frau mit nach Hause nehmen wollen, und sind meistens in Jogginghose unterwegs. Marie hat keine Lust mehr auf Absturzpartys und darauf, am nächsten Morgen nicht mehr den Namen von dem Typen zu wissen, mit dem sie die letzte Nacht verbracht hat. Sie ist vielleicht doch eher Fraktion Stadthaus als Fraktion Dating. Gefangen im falschen Leben, das wird ihr in diesem Moment klar, als sie mit Simon und seinem lauten Rollkoffer das Café verlässt.

Draußen bleibt sie stehen, um sich zu orientieren.

Nach links, sagt Simon nur, und Marie fällt ein, dass er regelmäßig von Berlin nach London fliegt.

Sie stehen unter einem durchsichtigen Vordach, nicht weit vom Eingang des Flughafengebäudes. Simon mustert Marie von der Seite. Er will sich eine Zigarette anstecken, doch seine Hand zittert, und die Flamme erlischt immer wieder. Marie nimmt ihm das Feuerzeug ab.

Lass mich das machen, sagt sie.

Es klickt zweimal, erst beim dritten Klicken züngelt sich eine kleine Flamme nach oben. Vielleicht lag es doch am Feuerzeug und nicht an seinem Zittern, denkt sie.

Simon atmet seine Zigarette ein und schließt die Augen. Marie sieht zu den anderen Leuten, die sich hier versammelt haben, um auf Busse und Taxen zu warten, die an dieser Stelle abfahren. Dann dreht sie sich wieder zu Simon, fängt seinen Blick auf und spürt, dass er ruhiger wird. Sie fühlt sich ihm jetzt ganz nah, die Distanz vom

Anfang ist überwunden. Es ging ihr noch nie so gut. Sie wusste noch nie so klar, was sie will.

Sie atmet erleichtert aus. Anzukommen ist ein schönes Gefühl!

Wann musst du los?, fragt sie und möchte die Antwort eigentlich nicht hören.

Zehn Minuten haben wir noch, antwortet er, geht einen Schritt auf sie zu und drückt seine Lippen unvermittelt auf ihre.

Marie ist überrumpelt, mit einem Kuss hat sie nicht gerechnet. Und auch nicht mit so viel Rauch.

Sie muss husten und weicht einen Schritt zurück.

Hier können uns doch alle sehen, sagt sie leise.

Er schüttelt den Kopf, atmet tief aus und streicht sich mit der linken Hand durch die Haare.

Was machen wir hier nur?

Er sieht sie an, und seine Augen sind trauriger als sonst.

Ich weiß nicht, sagt Marie.

Sie hat das Bedürfnis, wieder einen Schritt auf ihn zuzugehen. Stattdessen nimmt sie seine Hand.

Wann kommst du zurück?, fragt sie und schaut nach oben, wo gerade ein Flieger zur Landung ansetzt. Es gibt eben nie nur eins, es gibt immer beides: Start und Landung.

Übermorgen, sagt er und blickt auf seine Uhr.

Ich könnte dich abholen, schlägt sie vor.

Mal sehen, sagt er nur und lächelt vorsichtig. Wir machen das spontan, okay?

Sie nickt und nimmt ihn zum Abschied fest in den Arm.

Mittwoch, 17:38

Simon:
Sorry, dass ich so nervös war. Aber es standen so viele Leute um uns herum.

Marie:
Der Kuss war toll.

Marie:
Aber auch das Schreiben mit dir kann sehr intim sein. *Ist* für mich sehr intim.

Simon:
Ja, das ist es.

Simon:
Ich hätte nicht gedacht, dass ich mich über deine virtuellen Berührungen so freuen würde.

Marie:
Hast du mich eigentlich auf stumm geschaltet? Oder hast du keine Angst, dass deine Frau unsere Nachrichten sehen kann?

Simon:
Ich habe dich unter einem anderen Namen eingespeichert.

Marie:
Wie heiße ich denn?

Simon:

Charité Büro unten.

Marie:

Nicht dein Ernst.

Simon:

Doch, klar ist das mein Ernst.

Simon:

Du hast gefragt!

Marie:

Ja, ich weiß. Aber kannst du mir nicht einen schöneren Namen geben?

Simon:

So oft, wie du mich an meinem Handy rumfummeln lässt, brauche ich einen guten Grund, liebe Marie.

Simon:

Und da ich am Wochenende noch in der Charité arbeite, passt das.

Marie:

Du bist unmöglich.

Marie:

Waren die Bilder auf deinem Profil eigentlich für mich?

Simon:
Natürlich. Alles, was ich dort mache, mache ich für dich.

Simon:
Ich mache das doch nicht für meine Follower.

Marie:
Du meinst, nicht für deine anderen Fans?

Simon:
Ich wusste nicht, dass du mein Fan bist.

Marie:
Gucken sich Fans nicht jeden Beitrag von ihrem Idol an?

Simon:
Das machen wohl eher Stalker. Bist du etwa eine kleine Stalkerin?

Marie:
Nur deine.

Simon:
Ich hoffe, dir gefällt, was ich dort zeige?

Marie:
Klar, du bist ein toller Fotograf.

Marie:

Bist du auch ab und zu auf meinem Profil?

Mittwoch, 22:23

Marie:

Klopf, klopf. Jemand zu Hause? Alles okay?

Simon:

Sorry. Bin gelandet und war dann noch beim Elternabend online.

Marie:

Stimmt, davon hattest du erzählt!

Marie:

Ich stelle mir gerade vor, wie du beim Elternabend immer in der ersten Reihe sitzt.

Simon:

So bin ich. ;-)

Marie:

Ein echter Streber. Warum weiß ich das nur.

Simon:

Ich nehme meine Rolle als Vater eben ernst.

Marie:

Bist du etwa ein Helikopter-Papa?

Simon:

Ja, vielleicht, aber das macht mir auch Spaß. Für die Kinder da sein.

Marie:

Das ist schön. Du bist sicher ein guter Vater!

Simon:

Ich hoffe es.

Simon:

Jedenfalls ein besserer als meiner damals.

Marie:

Hast du noch Kontakt zu deinem Vater?

Simon:

Nein.

Simon:

Hast du noch Kontakt zu deinem?

Marie:

Ich hab ein paar Mal versucht, ihm zu schreiben, aber das wollte meine Mutter irgendwann nicht mehr, also hab ich aufgehört.

Simon:

Bei mir wollte die neue Frau meines Vaters keinen Kontakt.

Simon:
Ich verstehe nicht, wie man so sein kann. Man kann ja seine Frau verlassen, aber seine Kinder? Wer macht so was.

Simon:
Ich könnte meinen Kindern das jedenfalls nicht antun. Ich würde meine Familie nie verlassen.

Marie:
Das würde ich auch nicht wollen.

Simon:
Ich bin erleichtert, das zu hören. Aber bist du dir da sicher?

***

Marie:
Ich konnte mir immer weniger vorstellen, dass es eine andere Frau gab, und Kinder sah ich auch nicht, wenn ich an uns dachte.

Marie:
Ich sah nur uns, in einer Wohnung, oder einem Haus. Wir beide zusammen.

Marie:
Ich habe uns gesehen, wie wir beim Frühstück sitzen. Ich habe auch gesehen, wie du abends in der Küche stehst und Fisch für uns zubereitest.

Marie:
Ich habe mir vorgestellt, wie wir in Jogginghose auf dem Sofa sitzen, vor dem Fernseher.

Marie:
Und wie wir abends im Bett nebeneinander lesen und morgens nebeneinander aufwachen.

Marie:
Ich habe immer nur uns gesehen. Wir nackt nebeneinander am Strand. Auf einem Berg.

Marie:
Ich habe unsere Zukunft so deutlich vor Augen gehabt und wusste, dass es irgendwann passieren würde.

Marie:
Es sollte nur noch eine Frage der Zeit sein.

Marie:
Ich weiß gar nicht, warum ich mir so früh schon so sicher war.

VIER

Marie legt ihre Stirn ans kühle Zugfenster. Erschöpft schließt sie die Augen und konzentriert sich ganz auf Johann Sebastian Bachs Cello-Suite, die aus ihren Kopfhörern an ihr Ohr dringt. Von Essen nach Berlin dauert es ein paar Stunden, und sie hat endlich Zeit, sich zu überlegen, welches Stück sie am Ende ihrer Prüfung spielen möchte. Alle anderen sind vorgegeben, doch eins darf sie sich aussuchen, und bisher hat sie noch nicht entschieden, wie sie die Kür nach der Pflicht gestalten will.

Sie seufzt. Warum muss es jedes Mal so anstrengend sein, wenn sie mit ihrer Mutter zusammen ist? Warum können sie nicht einmal zwei Tage miteinander auskommen, ohne sich Vorwürfe zu machen? Ohne Türenknallen, Geschrei und aufreibende Versöhnungen?

Die Besuche bei ihrer Mutter sind Pflichtbesuche. Nordrhein-Westfalen bedeutet einen Ortswechsel, aber keine Erholung. Wie gerne hätte Marie eine richtige Familie, einen runden Tisch, an dem sich alle versammeln. Oder auch einen eckigen, ganz egal. Gespräche, gemeinsames Essen, Besuche von Verwandten. Vielleicht auch ein Hund, der neben dem Tisch sitzt und hofft, etwas vom Essen abzubekommen.

Ganz früher saßen sie gemeinsam am Tisch: Vater,

Mutter, Marie. Die Eltern haben oft gestritten. Manchmal hat ihre Mutter den Vater ermahnt, nicht vor ihr zu streiten, aber man kann sich wahrscheinlich nicht immer zusammenreißen, auch nicht als Eltern. Insgesamt war sie jedoch zufrieden als Kind. Als sie klein war, hat sie in ihrem Zimmer viel Musik gehört und gelesen. Ihre Eltern haben ihr trotz knappem Portemonnaie alles geboten: Oper, Konzerte, Ausstellungen. Es hat ihr an nichts gefehlt. Auch die Trennung der Eltern ist für sie okay gewesen. Ihr Vater hatte sich irgendwann in seine Arbeitskollegin verliebt. Ihre Mutter wollte die Trennung erst nicht akzeptieren, hat ihm bei der Arbeit aufgelauert und seine neue Freundin beschimpft. Irgendwann dann der Zusammenbruch und eine starre Fixierung auf Marie und ihren Cellounterricht. Marie kümmert sich seit dieser Zeit um alles, was der Vater vorher gemacht hatte: Rechnungen, Miete, Steuer.

Nach dem Abi hat sie sich dann in Berlin auf einen Studienplatz beworben: räumliche Entfernung, weniger Kontakt. Während ihrer Aufenthalte zu Hause in Essen, wo sie aufgewachsen ist, hat sie meist kein schlechtes Gewissen, ihre Mutter alleingelassen zu haben. Erst wenn sie wieder abfährt, kommt das schlechte Gewissen zurückgekrochen, macht sich bemerkbar wie Viren, die reaktiviert werden.

Am liebsten wäre es ihrer Mutter, wenn sie zurück nach Essen ziehen würde, oder besser noch, zurück nach Hause, in ihr altes Kinderzimmer. Dort könnte sie auch üben und wäre dennoch ganz nah bei ihr. Dabei wird die Mutter gleichzeitig nicht müde zu betonen, wie wichtig es ist, ein eigenes Leben zu führen. Und vor allem unabhängig zu sein.

Ihre Eltern hatten nie viel Geld, und von dem, was sie hatten, haben sie einen Großteil in ihren Cellounterricht gesteckt. Das Cello selbst war geliehen, aber die Stunden waren teuer. Einzelunterricht, dreimal die Woche. Jetzt muss sie selbst einen Job finden. Karriere machen. Die Investitionen in sie sollen sich schließlich gelohnt haben. Und immer, wenn Marie wieder im Zug in Richtung Berlin sitzt, holt sie eine tiefe Erschöpfung ein, kriecht aus allen Ecken hervor und greift nach ihr. Ihre Mutter erscheint ihr wie ein Kind, für das sie alles in ihrer Macht Stehende tun muss, um zu beweisen, dass die Welt heil ist. Sie fragt sich, ob es bei anderen Scheidungskindern auch so ist: mit der Verantwortung und dem Gefühl, nur noch zu zweit zu sein. Zu zweit, und trotzdem keine Familie. Und dem schlechten Gewissen, die Mutter nun auch noch alleinzulassen, dieses nagende Gefühl, nicht zu reichen, das immer mitverreist und besonders dann zum Vorschein kommt, wenn sie wieder am Gleis steht.

Auch dieses Mal konnte Marie nicht lang bleiben. Ein Wochenende, nicht mehr. Nächste Woche ist ja auch ihr Abschlussspiel. Dafür braucht sie Ruhe und Konzentration. Das versteht sogar ihre Mutter. Nach diesem Wochenende, an dem sie und ihre Mutter sich mal wieder wegen Kleinigkeiten in die Haare bekommen haben, freut Marie sich richtig auf Berlin, auf ihre Wohnung, ihr kleines Zimmer.

Die Cello-Suite wird von einem zarten *Pling* unterbrochen, eine neue Nachricht erscheint auf ihrem Display.

Sonntag, 17:37

Simon:
Geht's dir gut?

Simon:
Ich hab schon ein paar Tage nichts mehr von dir gehört.

Marie:
Sorry, ich war unterwegs und hatte schlechten Empfang.

Simon:
Wo warst du?

Marie:
Bei meiner Mutter in Essen.

Simon:
Und wie war's?

Marie:
Es war ... anstrengend.

Simon:
Okay. Verstehe.

Simon:
Ich freu mich, dass du mir wieder schreibst.

Marie:
Ja, natürlich. Es lag wirklich nur am Empfang. Meine Mutter wohnt sehr ländlich.

Simon:
Ich kenne es nicht von dir, dass du so lang nichts von dir hören lässt.

Marie:
Kann schon mal passieren. ;-)

Marie:
Was hast du am Wochenende gemacht?

Simon:
Ich hatte am Wochenende die Kinder. Meine Frau war bei einer Freundin in Dresden. Und hier war Rambazamba.

Marie:
Was kann ich mir unter Rambazamba vorstellen?

Simon:
Einkaufen, kochen, putzen, Hausaufgaben kontrollieren, Kinder durch die Gegend fahren, abends arbeiten.

Marie:
Das klingt anstrengend.

Simon:
Ist es auch!

Marie:
Wir haben echt unterschiedliche Leben.

Simon:
In der Tat. Das haben wir.

Marie:
Und einfach mal chillen ist nicht drin?

Simon:
Doch, schon. Aber erst wenn die Kinder im Bett sind.

Simon:
Sonst ist immer Action.

Marie:
Ich wünschte, bei mir wäre mehr Action. Ich weiß meine Freiheiten wahrscheinlich gar nicht zu schätzen.

Simon:
Tja, das weiß man erst, wenn man sie dann nicht mehr hat ...

Marie:
Du wolltest doch aber Familie?

Simon:
Ja, und ich genieße das sehr. Aber manchmal ist es eben auch ein bisschen viel.

Simon:
Genau wie jetzt: Es gab gerade einen großen Krach. Ich muss kurz nachschauen, was los ist. Melde mich gleich wieder.

Sonntag, 18:25

Simon:
So, da bin ich wieder.

Marie:
Ich mag übrigens dein Bild.

Simon:
Welches Bild?

Marie:
Das, wo du von hinten zu sehen bist. War das für mich? :-)

Marie:
Du könntest wirklich als Fotograf arbeiten, weißt du das?

Simon:
Na ja, ich dachte, die Berufschancen als Arzt sind besser. Und da lag ich wohl nicht so falsch.

Marie:
Mag sein. Aber du zeigst die Menschen einfach, wie sie sind. Das mag ich.

Simon:
Andere sind viel besser.

Marie:
Ich war erst vor Kurzem in einer Ausstellung am Zoo, deine Bilder könnten da auch hängen.

Simon:
Es ist schön, dass du das sagst.

Marie:
Ich sage nur, was ich denke ...

Simon:
Du bist schön.

Marie:
Ha ha, nein.

Simon:
Warum sagst du das?

Marie:
Weil meine Finger kaputt sind, weil mein Rücken krumm ist vom Üben ...

Simon:
Du bist genau richtig, Marie.

Simon:
Bitte niemals anders werden. Okay?

Marie:
Nächste Woche ist übrigens mein Abschlussspiel an der Hochschule.

Simon:
Oh, da werde ich an dich denken.

Marie:
Das ist lieb.

Simon:
Du machst das mit links!

Marie:
Das wäre schön ...

Simon:
Das weiß ich!

Marie:
Da hast du hoffentlich recht.

Simon:
Ich habe immer recht.

Marie:

Immer?

Simon:

Meistens.

Marie:

Weil du ein kleiner Besserwisser bist?

Simon:

Jetzt werd nicht frech.

Marie:

Dachte, du magst es, wenn ich frech werde.

Simon:

Das tue ich auch. Du darfst sowieso alles.

Marie:

Sicher?

Simon:

Sicher. Und egal, wie frech du noch wirst: Ich werde dich immer mögen.

Simon:

Ganz gleich, was auch passiert.

Marie:

Große Worte.

Simon:
Für einen kleinen Mann wolltest du sagen.

Marie:
Das hätte ich mich so natürlich nicht getraut.

Simon:
Das hoffe ich doch.

Marie:
Hoffnung ist immer gut. ;-)

***

Marie und Simon gehen schweigend nebeneinanderher. Die Lichter der Restaurants und Bars beleuchten die Straße. Zwischendurch weht ein Lachen zu ihnen herüber oder ein Gesprächsfetzen von der anderen Straßenseite.

Es ist Montagabend. Die Luft ist frisch, und überall sammeln sich Grüppchen junger Leute und unternehmungslustiger Menschen, die noch nicht bereit sind, den Tag loszulassen und nach Hause zu gehen. Marie zittert leicht, ob vor Kälte oder Aufregung weiß sie nicht genau.

Ihre Schritte klopfen gleichmäßig auf den Asphalt. *Klack, klack. Klack, klack.* Simons Schuhe glänzen. Sein Blick ist auf den Weg gerichtet, streng geradeaus. Die Hände in den Taschen vergraben, die Stimmung ist wie der Wind etwas kühl.

Ich habe in drei Monaten Geburtstag. Meinst du, wir könnten uns da sehen?, beginnt Marie ein Gespräch.

Simon sagt lang nichts, antwortet dann aber doch.

Mal sehen, weiß ich noch nicht genau.

Marie glaubt, dass das eher nein als ja bedeutet. Dabei möchte sie an ihrem Geburtstag nicht allein sein.

Vor einem Café mit bunter Markise bleibt Simon abrupt stehen.

Wollen wir hier rein?, fragt er.

Er wirkt fahrig oder ängstlich, vielleicht auch beides. Marie ist sich nicht sicher.

Warum nicht, antwortet sie und setzt einen Fuß auf die Stufe. Ihr ist es egal, sie möchte einfach irgendwo mit ihm sitzen.

Besser doch nicht, meint er plötzlich und zieht sie an ihrem Arm zurück.

Geh schnell weiter. Da sitzt ein Kollege mit seiner Frau, sagt er und sieht aus, als suche er nach einem Erdloch, in dem er ungesehen verschwinden kann.

Lass uns zum Hackeschen Markt. Dort sind mehrere Bars, und da gehen doch sowieso nur Touristen hin, sagt Marie und zieht ihn mit sich, ohne auf eine Antwort zu warten.

Simon nickt und läuft zielstrebig weiter, als ob das die Lösung ihrer Probleme wäre.

Heute war Maries Abschlussspiel. Es ist zum Glück alles gut gelaufen. Sie hat sich kaum verspielt, und auch ihr selbstgewähltes Stück am Ende ist gut angekommen. Sie hat sich für »Après un rêve« von Gabriel Fauré entschieden, da es nicht ganz so bekannt ist wie die Cello-Stücke von Bach, Beethoven, Telemann oder Vivaldi, die zum klassischen Kanon gehören. Außerdem wollte sie das

Konzert mit einer leichteren, verspielten Note abschließen, und dafür ist Fauré mit seinen schillernden Harmonien und verträumten Melodien genau richtig.

Danach stand Simon überraschend im Foyer vor ihr. Ihre Wangen bekamen sofort Fieber, und sie konnte ihre Freude kaum verbergen. Während sie sich mit Kommilitonen unterhielt, redete Simon mit fremden Menschen, studierte Aushänge und las in seinem Handy. Immer wieder trafen sich ihre Blicke, und sie mussten beide lächeln. Einmal ging Simon ganz nah an ihr vorbei, sie spürte seine Wärme an ihrem Ohr.

Gut hast du gespielt, raunte er ihr zu, und ihr schoss Farbe ins Gesicht.

Was machst du hier?, fragte Marie leise.

Das sollte nicht wie ein Vorwurf klingen, sie war nur überrascht und freute sich, ihn zu sehen.

Ich war schon lange nicht mehr so glücklich, und das wollte ich dir persönlich sagen, antwortete Simon und legte seine Hand an ihr Gesicht. Mitten im Foyer, vor allen Gästen. Es war für sie der Beweis, dass er genauso hilflos war, wie sie sich fühlte. Genauso voll mit Gefühlen, die sie nicht bestellt hatten.

Musst du denn noch lang bleiben, hakte Simon nach, während er schnell auf seine Uhr blickte.

Marie spürte seine Ungeduld. Sie wollte nicht länger bleiben, lieber mit ihm woandershin. Nicht feiern, nicht anstoßen, keine förmlichen Gespräche, sondern mit Simon allein sein. Sie fragte eine Kommilitonin, die mit dem Auto da war, ob sie ihr Cello später mitnehmen könnte. Als sie mit Simon rausgehen wollte, bat er sie, schon einmal vorzugehen, damit sie nicht zusammen gesehen werden. Auf dem Weg nach draußen merkte sie, wie sich eine schwere Beklemmung in ihrem Magen zusammenklumpte, die sich erst wieder löste, als er wenige Minuten später hinter ihr stand.

Die Wände der Restaurant-Bar, für die sie sich entscheiden, sind rot, fast braun. An der Decke hängt ein ausladender Kronleuchter. Die Kellner tragen unten schwarz und oben weiß. Das Restaurant wurde vor einigen Jahren aufwendig saniert und wird heute oft von Touristen besucht. Die erkennt Marie an ihren Taschen und Tüten unter den Stühlen. Manche Tische sind zum Essen eingedeckt, andere nur für Besucher, die etwas trinken wollen. Marie und Simon entscheiden sich für die ersten Sessel mit Tisch, rechts von der Eingangstür. Ein Kellner macht sich prompt mit einer weißen Karte in der Hand auf den Weg zu ihnen. Er fragt auch gleich, ob sie etwas bestellen wollen. Simon wirkt abwesend, als er zwei Gläser Weißwein ordert.

Du wirkst unruhig, sagt Marie. Als wärst du gar nicht richtig da.

Simon blickt zu ihr.

Nein, nein. Es ist alles gut. Ich kann heute nur nicht so lang bleiben, meine Frau ist allein mit den Kindern, und ich habe versprochen, nicht so spät zu kommen.

Deshalb ist er so ungeduldig, denkt sie. Er steht unter Zeitdruck.

Simon sucht die richtige Sitzposition in seinem Sessel und sieht Marie erwartungsvoll an.

Hast du noch Geschwister?

Nein, sagt sie nur.

Ich habe Geschwister, aber wir haben nicht viel Kontakt, sagt Simon und wirkt kurz nachdenklich.

Das Thema Geschwister ist eine Sackgasse, weil sie keine gemeinsamen Erfahrungen teilen können. Aber Marie fällt gerade auch nichts Besseres ein.

Der Wein wird von einem Kellner auf einem silbernen Tablett zum Tisch gebracht. Sein Gang ist unregelmäßig, fast holprig. Als ob man ihn aufgezogen hat und jemand anderes die Fäden in der Hand hält.

Der Wein hat zu viel Säure, bemerkt Simon, nachdem er den ersten Schluck getrunken hat, und Marie glaubt, dass er heute das Haar in der Suppe sucht.

Sie schiebt die Unzufriedenheit darauf, dass er nicht lang bleiben kann. Und auf das Warten auf sie im Konzertsaal, das er wohl auch nicht mochte.

Wie ist der Draht zu deiner Mutter?, fragt Marie, um ein anderes Thema aufzugreifen.

Meine Mutter lebt in ihrer eigenen Welt, sagt er.

Wie meinst du das?, will sie wissen.

Sie liest keine Zeitung und lässt sich nicht impfen. Noch Fragen?

Marie hat keine Fragen. Sie hat ja selbst eine Mutter, die nicht einfach ist. Und diese Gemeinsamkeit schweißt sie noch mehr zusammen, glaubt sie.

Und bei dir?

Er betrachtet sie von der Seite.

Meine Mutter rennt jede Woche in irgendein Museum, zu irgendeiner neuen Ausstellung. Das ist so ein Komplex von ihr. Sie konsumiert Kultur wie andere Nachrichten. Ich weiß auch nicht, wem sie damit etwas beweisen will.

Marie überlegt, ob sie Simon ihrer Mutter eines Tages vorstellen will. Ob er das wollen würde. Ob sie das überhaupt möchte. Wie die Mutter reagieren würde. Bisher hat sie ihr noch keinen Freund vorgestellt. Aber Simon, das könnte funktionieren. Und er würde ihre Mutter auch nicht direkt verurteilen, das weiß sie. Er hat ja selbst eine schwierige Elternkonstellation. Sie würde seine Mutter jedenfalls gerne kennenlernen.

Er sitzt da, betrachtet eine ganze Weile sein Glas, ohne etwas zu sagen. Vermutlich denkt er über seine eigene Vaterschaft nach, denn schließlich erzählt er von seinen Töchtern, die sein Ein und Alles sind. Marie ist sich nicht sicher, wie sie das finden soll. Sie versucht, sich Simon als Vater vorzustellen. Er ist sicher ein guter Papa. Sie erwischt sich dabei, dass sie eifersüchtig wird, wenn Simon von seinen Kindern schwärmt. Ein blödes Gefühl, das sich doppelt schlecht anfühlt, weil es ja seine Kinder sind. Auf einen Partner darf man eifersüchtig sein, aber auf Kinder? Sie schiebt das unangenehme Gefühl sofort beiseite, und Simon wechselt von sich aus das Thema.

Hast du schon einen Job in Aussicht?, fragt er, und Marie denkt über eine Antwort nach. Ein anderes Thema wäre ihr lieber gewesen.

Ja, es gibt schon mehrere Angebote, sagt sie.

Simon fragt nicht weiter. Er weiß im Prinzip nicht viel über sie. Sie könnte ihm doch eigentlich sagen, dass sie Angst vor der Zukunft hat. Davor, wie es weitergeht. Und vielleicht geht es ja sogar mit ihm weiter?

Sie legt ihre rechte Hand auf seine linke, mit dem Daumen streichelt sie seine Handfläche.

Er zieht die Hand weg und steht auf.

Ich muss kurz wohin. Und danach sollten wir zahlen, sagt er hastig.

Die beiden Gläser sind noch fast voll, als Simon auf die Toilette verschwindet. Marie sieht sich in der Restaurant-Bar um. Sie würde gerne weiter mit ihm hier sitzen. Zwischendurch trifft ihr Blick auf den des Kellners, der schüchtern wegsieht. Sie versucht, die richtige Sitzposition zu finden. Gerade heute schmerzt ihr Nacken, weil sie die Tage viel geübt hat.

Als Simon zurückkommt, geht er den Weg über die Bar und zahlt alles, obwohl Marie ihn einladen wollte. Sie weiß nicht genau, was los ist. Aber er will zurück, oder er muss zurück. Auf jeden Fall muss jetzt alles schnell gehen.

Der Himmel ist schwer, als sie das Restaurant verlassen und zur S-Bahn laufen. Marie zieht Simon irgendwann zu sich heran und schafft es, ihm einen Kuss zu geben. Und dann lacht er doch. Seine Augen haben jetzt Feuer.

Noch mal, ruft sie übermütig.

Simon lacht nur noch mal und zieht sie in Richtung S-Bahn.

Alles ist wieder leicht, denkt Marie. Sie ist erleichtert.

Musst du wirklich schon los?

Marie bleibt stehen und hält ihn am Arm fest. Sie würde gerne noch länger mit ihm durch die Gegend laufen. Einfach nur schlendern, ohne Ziel, und irgendwo ankommen. Aber er nickt.

Ja, ich sollte gehen.

Bitte, noch kurz, sagt Marie.

Am liebsten würde sie ihn irgendwo anbinden.

Jetzt keine Diskussionen, unterbricht er sie lächelnd, und Marie schweigt.

Sie will ihn bei sich behalten, aber sein schlechtes Gewissen hängt in der Luft wie ein aufdringliches Werbeplakat.

Irgendwann stehen sie am Gleis, seine Hände an ihren Schultern. Sein Blick geht ohne Filter in sie rein. Gleich werden zwei Bahnen kommen, die in unterschiedliche Richtungen fahren. Wenn es nach ihr ginge, könnten sie langsam einfahren oder auch vorbeifahren. Aber da hält Simons Bahn auch schon am Gleis, und er löst sich aus der Umarmung. Nach einem kurzen Zögern steigt er ein, dreht sich wieder zu ihr um und bleibt im Türrahmen stehen.

Sie stehen sich gegenüber. Simon drinnen, Marie auf dem Bahnsteig.

Ein pfeifendes Geräusch, das ankündigt, dass die Bahn gleich abfährt. Das Geräusch ertönt noch einmal, und noch einmal, und ein letztes Mal. Simon steht noch immer an der Türschwelle, fast so, als ob er gleich wieder aussteigen will.

Die Türen schließen sich. Simon legt seine Hand an die Scheibe, und Marie vermutet, dass er das in einem Film gesehen haben muss. Sie schauen sich an, bis die Bahn abfährt, ganz langsam, richtig langsam, bis sie ihn mitnimmt.

Dann ist er weg, und Marie fühlt sich, als wäre sie sehenden Auges gegen eine Scheibe gelaufen. Sie steht da wie angeklebt, wie der Stamm eines Baumes, während der Wind über das Gleis rauscht.

Mühsam reißt sie sich zusammen und steigt in die nächste Bahn, die zum Alexanderplatz fährt. Die S-Bahn-Türen leuchten nicht mehr gelb-rot, sondern sehen aus wie verwaschene Pullis. Genau wie die blauen Sitze mit den kleinen weißen Kreisen. Ihr Blick fällt auf den Boden. Wie viele Füße hier wohl schon gestanden haben? Wie viele Füße, die zusammengehören? Sie atmet ein. Die Luft in der Bahn ist verbraucht. Marie bleibt im Eingangsbereich stehen. Eine Station hätte sie laufen können, aber es ist spät am Abend, und es sind nur noch wenige Menschen auf den Straßen unterwegs. Die Gleise sind dagegen immer voll, auch am Wochenende. Gerade abends.

Der Alexanderplatz ist von Hochhäusern umringt. Es sind aneinanderstoßende Bierflaschen und entferntes Gegröle zu hören. Der Taxistand ist leer, die Werbung nicht beleuchtet und die letzte Straßenbahn abgefahren. Marie möchte nicht mehr warten, nirgendwo einsteigen, nirgendwo aussteigen. Der Himmel ist schwarz, als sie an den hohen Häusern vorbei die große Straße entlang nach Hause läuft. Je mehr Schritte es werden, desto weniger Autos kommen ihr entgegen. Die Luft ist klar, und ihr ist ein bisschen kalt. Ob Simon wohl schon zu Hause ist, was er dort tut, und was er wohl morgen macht? Alles fühlt sich an wie Kaugummi.

Eine halbe Stunde später kommt Marie in der WG an. Mit der rechten Hand dreht sie den Schlüssel, mit der linken öffnet sie vorsichtig die Tür. Sie tritt über die Schwelle. Brennende Lichter, Gelächter, klirrende Gläser. Die Garderobe ist aus Holz gefertigt und befindet sich links neben der Tür. Dort legt sie ihre Tasche und ihren Mantel ab. Sie schlüpft in die Pantoffeln und geht den Flur entlang. Als sie an der Küche vorbeikommt, steckt sie ihren Kopf hinein. Die Mitbewohner haben Gäste. Leere Bierflaschen, dreckiges Geschirr, es riecht nach Gras.

Marie, wo warst du? Wir haben richtig gutes Zeug, das musst du probieren, sagt die Freundin ihres Mitbewohners.

Marie hat noch nie Drogen genommen, aber ihre Mitbewohner wissen nicht viel von ihr.

Ich bin müde, sagt sie nur. Sie möchte schnell ins Bad und dann die Leiter hoch, sich in ihr Bett legen.

Ach komm, sei keine Spielverderberin.

Marie zögert. An Schlaf ist sowieso nicht zu denken, wenn Besuch da ist. Außerdem hat sie ihr Studium in der Tasche, darauf hat sie lange gewartet. Wenn das kein Grund zum Feiern ist. Heute muss sie wirklich nicht früh schlafen gehen. Sie denkt an ihre Freunde, die wahrscheinlich noch in eine Bar weitergezogen sind.

Also gut!

Marie lässt sich ein Bier geben. Beim zweiten Bier schaut sie sich Simons Profilbild noch mal an. Und nach drei Bier verlässt sie die Gruppe, geht in ihr Zimmer und tippt die erste Nachricht.

Montag, 23:40

Marie:
Simon?

Simon:
Ja?

Marie:
Bist du schon zu Hause?

Simon:
Ja. Es ist fast Mitternacht. Alles okay?

Marie:
Mit dir ist alles so bunt.

Simon:
Geht mir genauso.

Marie:
Hast du denn keine Lust, mir nahe zu sein?

Simon:
Wie meinst du das?

Marie:
Bist du nicht neugierig auf mich?

Simon:
Doch schon.

Marie:
Dann komm zu mir. Komm her.

Simon:
Ich würde gern zu dir. Aber ich KANN leider nicht.

Marie:

Was würdest du denn machen, wenn du könntest?

Simon:

Wir würden zusammen einschlafen.

Marie:

Aber davor hätten wir Sex?

Simon:

Das sicher auch.

Marie:

Was würdest du mit mir machen?

Montag, 23:56

Marie:

Bist du noch da?

Simon:

Ich weiß nicht. Willst du das wirklich wissen?

Simon:

Ich möchte nicht, dass du etwas tust, was du hinterher bereust.

Marie:

Warum sollte ich denn irgendetwas mit dir bereuen?

Simon:

Ich würde dich so gerne spüren, Marie. Das weißt du.

Marie:

Dann schreib es mir.

Marie:

Schreib es mir.

Simon:

Ich habe gerade etwas Angst vor dir.

Marie:

Warum das denn? ;-)

Simon:

Weil du so anders bist.

Simon:

So fordernd.

Marie:

Ich will dich einfach.

Marie:

Schlimm?

Simon:

Du fragst Sachen ...

Marie:
Dann schreib doch einfach, was du mit mir machen würdest.

Simon:
Ich würde dich jetzt gerne auf den Bauch legen.

Marie:
Schreib mir, was du dann mit mir machst.

Simon:
Dann schiebe ich deine Beine auseinander.

Marie:
Schreib weiter.

Simon:
Du bist nass. Und ich bin erregt.

Marie:
Ich will, dass du kommst.

Simon:
Du, ich muss das Handy kurz weglegen.

Simon:
Bleib bitte kurz so, bin gleich wieder da.

Marie:
Okay. Ich warte.

Dienstag, 01:03

Marie:

Simon?

***

Marie:

Eine Stunde habe ich auf deine Nachrichten gewartet.

Marie:

Eine Stunde.

Marie:

Vielleicht wollte deine Frau etwas von dir. Oder deine Kinder.

Marie:

Es gab eben nicht mehr nur dich und mich. Es gab jetzt auch dein anderes Leben.

Marie:

Und dein anderes Leben war größer.

Marie:

Das wurde mir in dem Moment bewusst.

Marie:

Zu diesem Leben hatte ich keinen Zutritt.

Marie:

Ich stand wie vor einer verschlossenen Tür.

Marie:

Nicht dass du mich falsch verstehst. Ich wollte da auch gar nicht durch!

Marie:

Durch diese Tür.

Marie:

Damals zumindest noch nicht.

FÜNF

Marie sitzt aufrecht im Bett. Die Vorhänge der Fenster sind leicht geöffnet, dennoch ist es dunkel. Es ist wohl immer noch Nacht. Verschlafen tastet sie nach ihrem Wecker, ihre Glieder reagieren nur langsam auf Anweisungen. 4 Uhr 20. Mit der rechten Hand greift sie sich an die Stirn, ihre Haare sind feucht. Sie horcht in den Raum, es ist still. Seufzend schließt sie die Augen, alles dreht sich. Marie lässt den Kopf zurück in ihr Kissen sinken. Die Abschlussfeier, Simon im Foyer, die Nachrichten. Sie dreht sich hin und her und zieht die Decke wieder über den Körper. Dabei ist ihr immer noch heiß. Kleine Schweißperlen bahnen sich langsam einen Weg über ihre Schläfen und sickern ins Kissen. Aber so viel sie sich auch dreht und wendet, die Übelkeit will nicht nachlassen. Schweiß, Gerüche, Luft, Luft, Luft. Sie braucht Wasser.

Stufe für Stufe, erst das linke Bein, dann das rechte, klettert sie die Leiter hinunter. Warum noch mal hat sie sich ein Hochbett eingebaut? Sie muss innehalten, es geht so nicht weiter. Sie klammert sich mit beiden Händen am Geländer fest. Einatmen, ausatmen, und weiter. Irgendwann wird es schon besser werden. Sie hatte nur schon lange keinen Kater mehr.

In der Küche riecht es noch immer nach Alkohol, auf

dem Tisch liegen Korkenzieher, Flaschenöffner und leere Pistazienschalen. An der Spüle angekommen, dreht sie mit der linken Hand den Wasserhahn auf. Sie nimmt einen Schluck und spürt, wie das Wasser ihre Kehle hinunterläuft und langsam da ankommt, wo es hin soll. Dann geht sie mit einem vollen Glas wieder in ihr Zimmer. Dort legt sie sich auf den Boden, weil sie sich gerade nicht vorstellen kann, die Leiter hochzusteigen.

Irgendwann wird Marie vom Klingeln ihres Handys geweckt. Sie muss wieder eingeschlafen sein. Sie kann das Geräusch nicht orten, es ist auch zu laut für ihren Kopf. Aber sie sollte das Handy holen, eigentlich sollte sie sofort aufstehen und hinrennen, denn ihre Mitbewohner könnten wach werden. Falls sie es nicht ohnehin schon sind. Sie dreht sich zur Seite, um sich am Boden neben der Leiter aufzusetzen. Mit nackten Füßen und in ihrem hellblauen Schlafshirt sitzt sie auf dem braunen Dielenboden, die Beine ausgestreckt vor sich. Es ist sicher schon Mittag, vielleicht auch später.

Marie hievt sich hoch, setzt einen Fuß vor den anderen und schleppt sich in den Flur. Die Türen der Mitbewohner stehen offen, die Spülmaschine läuft bereits. Nur noch wenige Schritte, dann hat sie die Garderobe erreicht. Geschafft. Auf der Kommode liegt ihr Handy. Sie muss es gestern Nacht auf dem Weg ins Bad hier abgelegt haben. Ihr Blick fällt aufs Display.

15 Uhr?

15 Uhr!

Marie nimmt den Anruf an.

Fuck, sagt Marie nur.

Begrüßt man so seine Freunde?, fragt eine Stimme am anderen Ende.

Mein Kopf, sagt Marie. Sie merkt, dass ihr die Kommunikation schwerfällt.

Na, war's ein langer Abend?

Einfach ein scheißbusy Leben, sagt Marie und bemerkt, noch während sie das ausspricht, dass sie ab jetzt nichts mehr zu tun hat.

Früher waren wir oft zusammen draußen, jetzt kneifst du fast immer. Beim Grillen warst du auch nicht dabei, stellt Josie fest. Sie redet und redet. In Maries Kopf kommt nur die Hälfte von dem an, was sie sagt.

Du bist das Ketchup auf seinen Pommes, beendet Josie den Monolog.

Marie ist mittlerweile wieder in ihrem Zimmer angekommen und legt sich wieder genau dorthin, wo sie vorhin schon lag.

Wie war es gestern?, fragt Josie.

Zu einem ausführlichen Bericht sieht Marie sich nicht in der Lage. Wasser, wo war noch mal das Wasser, ach, in der Küche. Aber das ist zu weit, das wird sie nicht schaffen. Das sind ja mehrere Meter, und wenn sie jetzt nur ein paar Schritte geht, werden die Kreise größer.

Josie sagt nun zum dritten Mal ihren Namen.

Ich weiß auch nicht, sagt Marie.

Kannst du lauter sprechen? Ich verstehe dich so schlecht.

Ich kann nicht lauter sprechen.

Warum nicht?, fragt Josie.

Wegen ihm.

Wegen wem?

Na du weißt schon.
SIMON?
Sag den Namen bitte nicht so laut.
Was ist denn los? Warum darf ich seinen Namen nicht mehr sagen?
Nicht so laut, bittet Marie.
Warum denn?
Josie wirkt genervt.
Ich habe Angst, dass jemand mithört.
Marie, kannst du bitte aufhören zu flüstern? Das macht mich wahnsinnig.
Ich will seine Familie nicht gefährden, sagt Marie.
Wir telefonieren. Da kann uns eh keiner hören, antwortet Josie.
Wir könnten abgehört werden.
Marie, ich lege auf, wenn du nicht sofort mit dem Theater aufhörst.
Nicht so laut bitte.
Du tust so, als wäre die Stasi hinter dir her.

Dienstag, 18:22

Simon:
Ich mag es übrigens, wenn du meine Bilder likst.

Marie:
Das freut mich. Ich mag es auch, wenn du etwas von mir likst.

Marie:
Ist fast wie eine Umarmung.

Simon:

Ich würde sagen: fast schöner als eine Umarmung. Ich mag es, wenn ich eine Push-Nachricht von dir bekomme.

Marie:

Wegen gestern. Was war los?

Marie:

Du hast dich nicht mehr gemeldet.

Simon:

Ich weiß. Tut mir leid.

Marie:

Hab ich was Falsches geschrieben?

Simon:

Nein, du hast nichts Falsches geschrieben. Es war nur so, dass ich nicht mehr allein war.

Marie:

Was war denn?

Simon:

Meine Frau kam ins Zimmer und hat die Wäsche in den Schrank gehängt. Dann konnte ich nicht mehr weiterschreiben.

Marie:

Und danach auch nicht?

Simon:

Wir waren danach die ganze Zeit zusammen.

Marie:

Was habt ihr denn gemacht?

Simon:

Ach, Marie. Willst du das wirklich wissen?

Marie:

Ja, ich glaube schon.

Simon:

Sie hat mich gefragt, ob wir uns nach draußen setzen wollen.

Marie:

Auf die Terrasse?

Simon:

Ja. Die Kinder waren schon im Bett.

Marie:

Und was habt ihr dann gemacht?

Simon:

Dann haben wir uns einen Wein aufgemacht.

Marie:

Und dann?

Simon:
Wir haben noch geredet.

Marie:
Worüber habt ihr denn so lange geredet?

Simon:
Über unseren Winterurlaub.

Marie:
Was habt ihr besprochen?

Simon:
Wir haben überlegt, ob wir über Weihnachten Ski fahren oder in den Ferien im Februar.

Marie:
Und was werdet ihr machen?

Simon:
Wir werden nach Weihnachten Ski fahren.

Marie:
Und was habt ihr danach gemacht?

Simon:
Dann sind wir ins Bett gegangen.

Marie:
Habt ihr miteinander geschlafen?

Simon:

Nein. Nein, wir haben nicht miteinander geschlafen.

Marie:

Ihr seid dann also einfach so eingeschlafen?

Simon:

Nein, wir haben noch gelesen.

Marie:

Und da hättest du mir nicht antworten können?

Simon:

Ich wollte das ehrlich gesagt nicht machen, während meine Frau neben mir liegt.

Marie:

Okay, das wollte ich nur wissen.

Simon:

Lass uns bitte nicht mehr über Hannah sprechen.

Marie:

Weil du ein schlechtes Gewissen hast?

Simon:

Das auch. Da muss ich aber allein mit klarkommen, da kannst du mir nicht mit helfen.

Marie:

Ganz schönes Chaos!

Simon:
Du sagst es.

Marie:
Ich liebe dich.

Dienstag, 21:03

Simon:
Es gab noch nie etwas, das mich so sehr gefreut und das mir gleichzeitig so eine Angst gemacht hat.

Marie:
Freu dich doch einfach.

Simon:
Du glaubst nicht, wie sehr ich mich gerade freue.

Simon:
Und du glaubst auch nicht, wie gut es mir geht, seit ich weiß, dass es dich da draußen gibt.

Simon:
Ich fotografiere sogar wieder.

Simon:
Nur deinetwegen.

Simon:
Aber gleichzeitig hoffe ich auch, dass du dein Leben weiterlebst.

Marie:
Sei einfach ehrlich, was mich betrifft!

Simon:
Bedeutet ehrlich zu sein, zu sagen, was ist, oder bedeutet es, dir nicht mehr zu schreiben, wenn ich nicht bereit bin, meine Familie zu verlassen?

Marie:
Ich kann nichts Kluges darauf antworten, weil du es auf den Punkt gebracht hast.

Marie:
Du bist ja ehrlich, fast schon zu ehrlich. Eigentlich sogar so ehrlich, dass es wehtut. So ehrlich, dass sich gerade mein Bauch zusammenzieht.

Marie:
Wenn ich ganz ehrlich bin, wäre es mir doch fast lieber, du würdest mich anlügen.

Simon:
Das wäre nicht fair.

Marie:
Ach, Simon, was ist schon fair?

***

Marie steht am Fenster. Ihr Blick ist auf die Stadthäuser gerichtet. Eine junge Mutter geht auf den Balkon und schüttelt ein Küchentuch aus. Sie trägt einen dunkelblauen Jumpsuit und hat die Haare mit einem Haarband lässig nach oben gebunden. Simon und seine Familie könnten auch in so einem Haus wohnen, zumindest wird ihr Wochenende ähnlich aussehen wie das der Familien gegenüber. Kochen, einkaufen, Ausflüge. Beim Abendessen wird es dann um die üblichen Sachen gehen wie Geburtstage, Familienbesuche und Urlaube. Alles ganz normal, nichts Ungewöhnliches. Soweit man es von außen beurteilen kann.

Simon hat ihr einmal geschrieben, wie seine Frau ihm damals beim Abendessen das Ultraschallbild der Zwillinge auf den Tisch gelegt und wie er sich gefreut hat. So sehr, dass seine Augen nass wurden, weil er sich immer eine Tochter gewünscht hat. Und dann waren es gleich zwei. Er konnte nicht glauben, dass er doch noch Vater werden würde. Sie hatten zu dem Zeitpunkt schon diverse Besuche bei Frauenärzten hinter sich, fruchtlose Termine in Kinderwunschkliniken und Beratungen zum weiteren Vorgehen in Süddeutschland. Dann Fehlgeburten, Befruchtungen und alles noch einmal von vorne. Erst als sie schon fast aufgegeben hatten, klappte es doch noch: Seine Frau wurde schwanger. Als sie schließlich das Ultraschallbild in den Händen hielten, konnten sie ihr Glück kaum fassen. Aber die Schwangerschaft war von Unsicherheiten begleitet. Hannah musste bis zur Geburt liegen. Erst als sie Charlotte und Helen in den Armen hielten, haben sie gemerkt, dass sie sich voneinander entfernt hatten. Und dann änderte sich alles: weniger Schlaf, Babygeschrei, Augenringe. Aber mit Kindern ändert sich sowieso alles.

Wenn Simon ihr von seiner Familie erzählt, hört es sich für Marie an wie die Geschichte eines Fremden. Sosehr sie auch versucht, sich Simon mit seiner Frau und seiner Familie zusammen vorzustellen, es sich auszumalen, es sich aufzuzwingen: Sie scheitert.

Marie setzt sich auf ihren Stuhl. Sie übt gerade für ein Orchester-Vorspiel in München. Dabei will sie gar nicht umziehen. Es sollte nur so langsam mal etwas klappen, wenn auch nur für ein paar Monate, einfach ein bisschen Geld verdienen. Sie war eine der Besten in ihrem Jahrgang, aber das Beste reicht manchmal nicht. Den Cellounterricht für Kinder wird sie erst einmal weiterhin geben, so schnell wird sie kein festes Engagement finden. Hauptsache, sie kann ihre Miete bezahlen.

Während sie noch einmal »Après un rêve« spielt, schieben sich andere Melodien dazwischen, bunte Klangfolgen, alle Töne. Marie versucht, Ordnung in ihre Gedanken zu bringen, sie einzureihen wie in einen Baukasten. Eins und zwei, eins und zwei. Dann probiert sie sich wieder auf die Noten zu konzentrieren. Einfach weiterspielen, weiter, weiter. Das Abschlusskonzert geht ihr während des Spielens wieder durch den Kopf, und das Bild, wie Simon plötzlich vor ihr stand, taucht vor ihr auf. Ob er wohl das letzte Foto gesehen hat, das sie auf ihrem Profil geteilt hat? Von ihrem Spaziergang durch den Grunewald, den sie am liebsten mit ihm zusammen gemacht hätte?

Sie hat oft das Gefühl, dass er sie so gut kennt, als würde er ihre Gedanken lesen können. Genau wie jetzt. Sie denkt an ihn, und schon schreibt er.

Donnerstag, 11:14

Simon:

Marie? Bist du zu Hause?

Marie:

Hey, du. Ja, das bin ich.

Simon:

Sag mal, hast du Josefine von uns erzählt?

Simon:

Wäre auch nicht schlimm, wenn ja.

Marie:

Nein, ich habe Josie nichts erzählt.

Marie:

Ist denn etwas vorgefallen?

Simon:

Nein, es ist nichts vorgefallen. Aber sie hat mich heute etwas merkwürdig angesehen, und da habe ich mich gefragt, ob sie von uns weiß.

Marie:

Ich habe mit niemandem darüber gesprochen.

Marie:

Hast du es denn jemandem erzählt?

Simon:
Ich werde das mit uns für mich behalten. Es wäre aber okay, wenn du es mit jemandem teilen möchtest.

Simon:
Und es ist auch nicht so, dass ich dir nicht jemand anderen an deiner Seite wünschen würde.

Donnerstag, 14:27

Marie:
Du willst, dass ich andere Männer treffe?

Simon:
Das wäre für mich in Ordnung. Für mich gibt es auch nicht nur uns. Und da ist es doch gut, wenn du auch noch jemanden hast. Wäre doch praktisch, oder?

Marie:
Das überrascht mich ehrlich gesagt.

Simon:
Es ist nicht so, dass ich darauf hoffe. Es wäre mir natürlich lieber, du lernst niemanden kennen. Aber das Gleiche für jeden, oder?

Marie:
Und dann würdest du mit mir weiterschreiben?

Simon:
Warum nicht.

Simon:
Ich könnte mir tatsächlich vorstellen, immer mit dir zu schreiben.

Marie:
Immer, also dein ganzes Leben?

Simon:
Du etwa nicht?

***

Marie:
Josie wusste alles.

Marie:
Aber das konnte ich dir schlecht erzählen.

Marie:
Dir wäre es natürlich lieber gewesen, wenn ich mit niemandem darüber geredet hätte. Auch wenn du etwas anderes behauptet hast.

Marie:
Und das konnte ich sogar verstehen.

Marie:
Du hast mir ja von Anfang an so viel aus deinem Leben erzählt. Im Vergleich dazu wusstest du nicht viel von mir.

Marie:
Obwohl ich nicht sagen würde, dass ich dir etwas bewusst verschwiegen habe.

Marie:
Aber ich habe vielleicht einfach nicht alles erzählt.

Marie:
Ich glaube, du wolltest es damals gar nicht so genau wissen.

Marie:
Aber dass du dein ganzes Leben lang mit mir weiterschreiben wolltest, das hat mir dann doch etwas die Schuhe ausgezogen.

Marie:
Ich glaube, du hast es wirklich ernst gemeint.

Marie:
Wie hast du dir das denn vorgestellt?

SECHS

Geburtstag!

Das ist der erste Gedanke, als Marie aus dem Schlaf schreckt. Es ist kurz nach acht Uhr, und sie versucht, sich auf den Tag zu freuen. Na los, raus aus dem Bett, versucht sie sich selbst zu überreden.

Sie atmet tief durch und klettert nach unten. Duschen kann sie später, Jogginghose und Bademantel reichen erst mal, ihre Mitbewohner sind ohnehin schon bei ihren Start-ups. Während sie in die Küche geht, kommt schon die erste Nachricht: Simon. Er gratuliert ihr. Sie kann sich jedoch nicht richtig über seine Wünsche freuen. Sie ist gestern bis nach zwölf Uhr aufgeblieben, weil sie dachte, er würde sich melden. Und jetzt kommt nur eine Nachricht mit Glückwünschen. Dabei möchte sie seine Stimme hören, ihn berühren, anfassen. Sie will keine Geschenke, keine Blumen. Einfach ein bisschen Nähe, ein bisschen weniger einsam sein als gestern. Vielleicht wird er sie noch anrufen? Aber das hat er bisher fast nie getan. Doch heute ist ein besonderer Tag. Vielleicht hat er ihr einen Brief geschrieben. Kennt er ihre Adresse überhaupt?

Marie geht zum Briefkasten draußen auf dem Flur. Natürlich nichts. Enttäuscht macht sie die Klappe zu und setzt sich wieder in die Küche. Während der Kaffee durchläuft, schaut sie aus dem Fenster. Der Baum im Innenhof wird langsam grün, und sie hört die Vögel singen. Es scheint trotz Sommer kühl zu sein, die Menschen haben Schals umgewickelt. Ihr Blick wandert zu ihrem Smartphone. Da Simon und sie meistens online sind, sind sie immer miteinander verbunden. Mit ihm zusammen hat sie die Weltherrschaft, zumindest fühlt es sich so an.

Marie kann sich noch an andere Zeiten erinnern. Ihre Eltern hatten früher nur ein Telefon, und sie saß stundenlang im Flur auf dem Boden, wenn sie mit ihrem besten Kumpel aus der Schule telefonieren wollte. Die Möglichkeit, immer und immer wieder, egal an welchem Ort, mit jemandem in Kontakt zu treten, die gab es einfach nicht. Ihre Beziehung mit Simon hätte vor zwanzig Jahren sicher ganz anders ausgesehen. Daher ist Marie sehr froh, dass sie genau vor dreißig Jahren geboren wurde und so die Möglichkeit hat, immer mit ihm zu kommunizieren. Hunderte von Nachrichten haben sie sich in dem halben Jahr geschrieben, das sie sich jetzt kennen. Einmal musste sie sogar ihren Speicher löschen, um Platz für neue zu schaffen.

Der Kaffee ist fertig durchgelaufen. Auch wenn sie sich vorgenommen hatte, heute etwas Besonderes zu machen, einen Kuchen zu backen oder statt zu frühstücken ins Kino zu gehen, holt Marie doch wie jeden Morgen ihr Tablet aus dem Zimmer und setzt sich mit einer Tasse Kaffee und einer Schale Müsli an den Tisch. Sie tippt auf die App, geht auf Simons Seite und sieht, dass er ein neues Foto geteilt hat. Aber es hat nichts mit ihrem Geburtstag zu tun. Enttäuscht liest sie noch einmal die Nachricht, die er ihr geschickt hat. Sie liest sie noch einmal, und noch einmal. Möchte ein Gespräch mit ihm, ein Telefonat. Oder am liebsten ein Treffen. Aber Simon wird sicher den ganzen Tag arbeiten. Marie überlegt kurz, dann tippen ihre Finger.

Montag, 09:39

Marie:
Guten Morgen. Ich mag es, wenn du mir schon morgens eine Nachricht schreibst.

Marie:
Was machst du heute noch?

Simon:
Ich bin im Büro und muss noch einen Bericht fertigschreiben.

Marie:
Du hast echt einen netten Arbeitsplatz.

Simon:
Wie meinst du das?

Marie:
Na, du arbeitest in Mitte. In der Nähe der Charité, mit Blick aufs Wasser.

Simon:
Das ist doch nichts Besonderes.

Simon:

Kennst du das Café neben dem Brandenburger Tor?

Marie:

Klar kenne ich das.

Simon:

Dort bin ich manchmal.

Marie:

Wenn ich in der Nähe bin, gehe ich auch dort rein!

Marie:

Wir könnten uns heute Mittag spontan treffen.

Simon:

Du meinst unter dem Torbogen?

Simon:

Das machen wir natürlich nicht.

Marie:

Natürlich nicht.

Simon:

Ja, es ist besser so.

Simon:

Wir treffen uns also nicht dort.

Marie:
Was wäre aber, wenn wir uns zufällig begegnen würden?

Simon:
Das wäre aber schon ein großer Zufall.

Marie:
Es wäre ein großer Zufall, natürlich. Aber solche Zufälle soll es geben.

Simon:
An solche Zufälle glaube ich nicht.

Simon:
Außerdem soll es heute regnen.

Marie:
Und bei Regen gehen die Menschen nie vor die Tür.

Marie:
Mittagspause machen sie bei Regen auch nicht, habe ich gehört.

Simon:
Du bist blöd. ;-)

Marie:
Ach, komm. Das magst du doch an mir.

Simon:

Wir sollten weiterarbeiten.

Marie:

Das machen wir. Natürlich.

Simon:

Und noch mal: Happy Birthday!

***

Marie und Simon stehen mit nassen Regenschirmen unter dem Brandenburger Tor. Simons Regenschirm ist gelb, Maries Regenschirm ist rosa. Sie schämt sich ein wenig für die Farbe, aber der Schirm war ein Werbegeschenk, und einen anderen hat sie nicht gefunden. Doch bei dem Regen war es unmöglich, ohne Schirm aus dem Haus zu gehen.

Marie war als Erste da gewesen. Sie hatte Simons Blick sofort eingefangen, als er sie unter dem Torbogen stehen sah und erkannte. Er hatte nicht damit gerechnet, dass sie wirklich kommen würde. Das verriet sein Gesicht. Marie hatte den Weg mit der S-Bahn auf sich genommen, Simon arbeitete um die Ecke. Jetzt gucken sie sich verlegen an.

Hallo, sagt er nur tonlos.

Hey, sagt Marie und findet es merkwürdig, ihn hier vor sich stehen zu haben und nicht nur von ihm zu lesen. Simon könnte sie berühren, könnte ihre Hand nehmen, aber das macht er nicht. Und Marie traut sich auch nicht. Wenn sie sich schreiben, können sie so viel sagen, so viel andeuten, sich so weit aus dem Fenster lehnen, so weit, und dann steht man sich hier gegenüber. Viel zu dünn angezogen, einen tropfenden Regenschirm von der Sparkasse in der Hand, und fragt sich: Was mache ich hier eigentlich?

Was machen wir hier?, fragt Simon dann auch, und seine Körperhaltung lässt vermuten, dass er gerade überlegt, ob er direkt wieder umdrehen soll.

Nach dem ersten Schock und einer förmlichen Begrüßung laufen sie los. Niemand redet, sie laufen einfach die Straße entlang. Nebeneinander trotzen die Schritte seinem anderen Leben. Er sagt nichts mehr zu ihrem Geburtstag.

Klack, klack. Klack, klack.

Sie drehen eine Runde im Tiergarten.

Marie weiß, dass es heute keine Berührungen geben wird, weil es Mittag ist und alle Augen sie sehen können. Aber es ist schön, einfach ein paar Schritte zusammen zu gehen und sich ab und zu anzuschauen.

Simons Anwesenheit hat etwas in ihr aufgewirbelt, und zu wissen, dass es ihn gibt, das macht sie einfach nur froh.

Ich habe es nicht mehr ausgehalten, sagt er und lächelt.

Jetzt wäre der Moment, in dem sich Paare normalerweise berühren. Aber das tun sie nicht. Wahrscheinlich, weil sie dann doch kein richtiges Paar sind, überlegt Marie.

Es ist schön, dass wir hier sind, sagt sie nur.

Das ist dann doch etwas anderes, als immer nur zu schreiben. Und als er ihr gerade ein Lächeln zuwirft, klingelt sein Telefon.

Er nimmt ab und schaut Marie dabei an. Angespannt zieht er die Augenbrauen zusammen, und sie merkt gleich, dass es jemand aus seiner Familie sein muss.

Simon ist das sichtlich unangenehm, eine fremde Situation, und es ist auch seltsam für Marie, ihn so sprechen zu hören. Seine Stimme klingt anders, so weich und fürsorglich und auch so erwachsen, natürlich ist er erwachsen.

Kaum legt er auf, klingelt das Telefon noch mal.

Er sieht Marie etwas überfordert an und versucht, das zweite Telefonat schnell zu beenden.

Das waren meine Töchter, sagt er danach.

Sie lächelt und sagt nichts, aber innerlich hat sie Angst, dass er wieder wachgerüttelt worden ist, wieder reingezogen wird in die Realität, in das andere Leben, das nichts mit ihnen zu tun hat.

Sie setzen sich wieder in Bewegung und gehen mit weniger Lächeln weiter. Marie erzählt von ihren Cello-Vorspielen und der Zukunft, auf die sie sich freut. Er fragt sie unvermittelt, ob sie George Harrison kennt, und sie sagt ja. Sie ist sich nicht sicher, ob er seinen Musikgeschmack mit ihr teilen möchte oder ob es ein Test ist. Egal, sie genießt seine Nähe. Es ist nur ein Spaziergang, aber es ist mehr, als sie erwartet hat, weil sie nichts erwartet hat.

Wusstest du, dass die Torstraße früher gar nicht Torstraße hieß?

Simon bleibt an der Ecke Chausseestraße-Torstraße stehen und schaut sie erwartungsvoll an.

Ja, sagt Marie, weil sie sich keine Blöße geben will. Ja, sagt sie noch einmal, um das Ja zu bestärken, das eigentlich ein Nein ist.

Und weißt du noch, wie sie hieß?

Warum fragt er denn noch weiter nach, denkt Marie.

Ich habe es vergessen, sagt sie dann.

Er soll nicht glauben, sie wäre dumm. Oder naiv. Oder beides. Ganz schön anstrengend mit einem Mann, der auf jede Frage eine Antwort hat.

Sie hieß Wilhelm-Pieck-Straße, sagt er, und Marie nickt. Das hätte ihr Wikipedia später auch verraten. Sie fragt sich, ob es eine Geschichte dahinter gibt, die ihn dazu bringt, sie das zu fragen. Aber sie hakt nicht nach.

Sie gehen noch eine Weile. Bei jedem Schritt merkt sie, dass Simon ihr im normalen Alltag fehlt. Gestern, heute, immer. Jemand, der sich mit ihr freut, der ihr Contra gibt. Ohne Simon fühlt sie sich wie halb. Deshalb ist es schwer, ihn wieder gehen zu lassen. Aber Simon muss in die Praxis zurück, und Marie sagt nur Tschüs du, mach's gut, und sie kann es nicht gut erkennen, aber sie glaubt, Simon war heute nachdenklicher als sonst.

Montag, 15:46

Marie:

Ich habe es verpasst, deine Hand zu nehmen.

Simon:

Und ich könnte ausrasten, weil ich es auch nicht gemacht habe.

Marie:

Ich hätte ewig mit dir weiterlaufen können.

Simon:

Frag mich mal!

Marie:

Dabei war ich eigentlich ... sauer.

Simon:

Warum bist du sauer?

Simon:

Was habe ich um Gottes willen gemacht?

Marie:

Du hast nichts gemacht.

Simon:

Es wird doch einen Grund geben.

Marie:

Ich habe gestern das Porträt gelesen.

Simon:

Das ich auf der Seite meiner Praxis veröffentlicht habe?

Simon:

Ich wollte es dir schicken.

Marie:

Ich zitiere: Meine Frau und ich verbringen das Wochenende meist mit den Kindern und dem Hund im Wald, um dann nebeneinander auf dem Sofa einzuschlafen. Besser als mit dieser Familie kann man es nicht erwischen!

Montag, 15:52

Simon:
Das habe ich so formuliert.

Marie:
Das an meinem Geburtstag zu lesen war schlimm.

Simon:
Was hat das mit deinem Geburtstag zu tun? Du weißt doch, dass ich eine Familie habe.

Marie:
Ja, das weiß ich. Aber das so öffentlich zu lesen ist etwas anderes.

Simon:
Ich werde mich nicht dafür entschuldigen, dass ich verheiratet bin.

Simon:
Meine Familie hatte ich schon, da wusste ich noch gar nicht, dass es dich gibt.

Marie:
Vielleicht darf ich nicht sauer sein.

Simon:
Ich würde mir wünschen, dass du es nicht bist.

Marie:
Wundert sich deine Frau eigentlich nicht, dass du ständig meine Sachen likst?

Simon:
Nein, das tut sie sicher nicht.

Simon:
Es wird ihr gar nicht auffallen.

Marie:
Aber vielleicht fällt es ja anderen auf?

Simon:
Andere sind mir egal.

Marie:
Ich wünsche mir genau das, was du hast.

Marie:
Das weiß ich jetzt.

Simon:
Es tut mir leid, weil das mit mir nicht geht.

Marie:
Wäre die Situation eine andere, wenn ich auch ein Kind von dir hätte?

Simon:
Marie, bitte. Du machst dich unglücklich.

Marie:

Vielleicht bin ich schon unglücklich.

Simon:

Ich hoffe, nicht meinetwegen.

***

Simon:

Ich bin das Allerletzte.

Simon:

Dabei habe ich mich einfach nur verliebt.

Simon:

Und bin besoffen vor Glück.

Simon:

Wahrscheinlich denkst du dir, ziemlich kitschig der Typ.

Simon:

Und betrunken ist er sicher auch noch.

Simon:

Ich bin aber nur ein klitzekleines bisschen betrunken.

Simon:

Liebe.

Simon:
Ich würde jetzt gerne wissen, wie du riechst.

Simon:
Und wie es sich anfühlt mit dir.

Simon:
Wahrscheinlich sollte ich das jetzt auch nicht schreiben, aber ich bin müde, mich bei dir zu entschuldigen.

Simon:
Dabei möchte ich wirklich, dass es dir gut geht.

Simon:
Und am wenigsten möchte ich, dass es dir meinetwegen schlecht geht.

Simon:
Du denkst, für mich ist das alles easy, aber ich spiele Theater.

Simon:
Das macht keinen Spaß, das kann ich dir versichern.

Simon:
Sag mir bitte, was ich tun kann.

Simon:
Ich würde dir auch ein Kind machen, wenn du das willst.

Simon:

Gott, ich würde alles für dich machen, Marie.

Simon:

Gute Nacht. Dein S.

***

Marie:

Deine Nachrichten habe ich erst am nächsten Morgen gelesen.

Marie:

Sie haben mich berührt. Vielleicht, weil du so ehrlich warst. Immerhin bist du mal aus dir rausgekommen.

Marie:

Bei dir übernahm dein Kopf immer das Kommando, bei mir war es eher der Bauch.

Marie:

Dabei glaube ich, dass auch dein Bauch mir etwas zu sagen hatte.

Marie:

Bei unserem Spaziergang hast du auch gar nicht mehr aufgehört zu reden. Als ob du nur darauf gewartet hast, mir aus deinem Leben zu erzählen.

Marie:

Ich hatte damals noch keine Ahnung, wer deine Frau

und Kinder waren. Und ich dachte auch, dass mich das nicht interessiert.

Marie:
Mich hat es aber jetzt doch interessiert. Und meine Neugier wurde größer.

Marie:
Nach dem Porträt wollte ich alles wissen.

Marie:
Ich wollte alles über eure Beziehung erfahren. Wie sie läuft, ob du wirklich so glücklich warst, wie du immer erzählt hast.

Marie:
Und ob ihr noch regelmäßig Sex habt.

Marie:
Ich wusste damals nur nicht, wie ich das anstellen sollte.

SIEBEN

Die Tage fliegen dahin, es ist inzwischen Hochsommer geworden. Marie steht vor ihrem Fenster, sie schaut zu den Stadthäusern. Die Vorhänge sind zugezogen, die meisten Familien sind im Urlaub. Die Parkplätze vor den Häusern sind leer, die ganze Stadt wirkt wie ausgestorben. Simon ist verreist. Sommerurlaub, einmal im Jahr mit der ganzen Familie: Griechenland. Marie wartet brennend auf Nachrichten von ihm, doch die werden immer kürzer, nur noch kleine Happen. Dauernd blickt sie unruhig aufs Handy, dabei hat sie eigentlich viel zu tun. Täglich üben, Vorspiele absolvieren, Cellounterricht geben. Auch die Mitbewohner sind im Urlaub, und selten hat sich die Wohnung so leer angefühlt.

Ans Meer fahren, das würde Marie auch gerne mal wieder. Sie liebt das Meer, das Meer und den Himmel. Und sie kann sich nichts Schöneres vorstellen, als mit Simon einen Sommer am Meer zu verbringen. Es wäre ihr lieber, er wäre mit seiner Familie in Berlin geblieben. Dabei macht es keinen Unterschied, ob er in Berlin oder verreist ist. Weg bedeutet weg. Aber sie befürchtet, dass er mit seinen Gedanken auch weiter weg ist als sonst. Das war ihm anscheinend auch bewusst. Sonst hätte er sich nicht vor seinem Urlaub von ihr verabschiedet. Dann auch noch

Griechenland. Wenn Marie an Griechenland denkt, sieht sie sich mit Simon am Wasser laufen, die Füße im Sand. Abends in einem Restaurant, griechischer Wein. Sie sieht gemeinsame Sonnenaufgänge und Sonnenuntergänge.

Es klingelt. Josie steht mit einer großen Papiertüte vor der Tür.

Hey, ich wollte mal schauen, wie es dir geht. Oder soll ich besser flüstern?

Sie hat das letzte Telefonat also noch gut im Kopf, denkt Marie.

Josie läuft in den Flur, und Marie schließt die Tür hinter ihr.

Sie scheint nicht mehr sauer zu sein. Besser nicht über Simon reden, denkt Marie.

Bekomme ich einen Kaffee?

Josie wartet die Antwort nicht ab und geht zielstrebig in die Küche.

Ich brauche deine Hilfe, sagt sie, greift in die Tüte und rollt ein Poster auf dem Esstisch aus.

Was ist das?

Marie beugt sich neugierig darüber.

Die Sitzordnung für meinen dreißigsten Geburtstag, antwortet Josie.

Marie ist überrascht, dass sie so groß feiern will.

Passt das?

Josie geht einen Meter zurück, um eine bessere Sicht zu haben.

Sieht gut aus, sagt Marie.

Ihre Freundin dreht sich um und setzt Kaffee auf.

Und bei euch?

Marie winkt ab.

Nicht heute.

Auch gut.

Josie bleibt vor dem Kühlschrank stehen.

Sag mal, habt ihr keine Milch mehr?, fragt sie.

Im Kühlschrank liegen nur ein paar Orangen, Butter und altes Toastbrot.

Kann gut sein, sagt Marie. Aber kein Problem. Ich gehe schnell zur Tankstelle ums Eck. Bin gleich zurück.

Gedankenverloren nimmt sie zwei Milchpackungen aus dem Kühlregal und stellt sich hinter einer älteren Dame an, die ganz langsam ihre Einkäufe vor der Kassiererin aufreiht. Marie denkt an Josie, die jetzt allein bei ihr in der Wohnung ist. Was sie wohl macht? Ob sie die Kekse entdeckt hat, die sie in ihrem Zimmer aufbewahrt, damit die Mitbewohner sie nicht aufessen? Oder ob sie das neue Parfum ausprobiert, das Marie im Supermarkt geklaut hat? Das ist ein Tick, den sie seit Teenagerzeiten hat. Einmal den Adrenalinspiegel in die Höhe treiben. Diesmal war es ein Glücksgriff. Es riecht nach Sonne, Sommer und Orangen, und Josie liebt es, durch die kleine Duftsammlung in ihrem Regal zu gehen.

Leerer wird es nicht, sagt eine Stimme hinter ihr ungeduldig.

Ein Mann mit blauem Hemd und dunkelblonden kurzen Haaren schaut Marie auffordernd an.

Marie beeilt sich, die Sachen neben die Kasse zu legen.

Es tut mir leid, ich habe wohl geträumt, entschuldigt sie sich.

Na, das würde ich auch gerne, antwortet der Mann.

Er mustert Marie. Dann lächelt er.

Das passiert, sagt er.

Marie muss grinsen.

Die Kassiererin scannt die Einkäufe ein.

Dann haben Sie also Verständnis für Tagträumer, sagt Marie.

Lassen Sie mich raten, Sie machen auf jeden Fall etwas Kreatives! Ich weiß das, weil ich jeden Tag mit euch zu tun habe, sagt er.

Er hat ein breites Lächeln, und jetzt wirkt er richtig sympathisch auf sie.

Mit uns?, fragt Marie.

Sie ist irritiert.

4,96 Euro, sagt die Kassiererin.

Was machen Sie denn beruflich?, fragt Marie.

4,96 Euro, wiederholt die Kassiererin den Betrag etwas lauter.

Marie bezahlt schnell und packt die Milchpackungen in einen Jutebeutel.

Ihre Tasche hat Sie verraten, sagt der Mann und zeigt auf den Beutel. *KUNST MACHT SCHULE* steht darauf, darunter ist das Logo ihrer Hochschule zu sehen.

Ich bin aus derselben Branche, ich arbeite für die Hamburger Philharmonie, sagt er.

Sie leben in Hamburg?, fragt Marie.

Sie weiß nicht, was sie mehr fasziniert. Die Tatsache, dass er für die Philharmonie arbeitet oder dass er trotzdem nicht viel älter ist als sie.

Ja, nickt er. Ich war nur für ein Meeting in Berlin. Jetzt geht es direkt wieder zurück. Darf ich mich vorstellen? Ich bin Philipp.

Er reicht Marie die Hand.

Marie reicht ihm ihre.

Darf ich fragen, wie du heißt?

Marie.

Schöner Name, sagt er. Und Sie sind Pianistin?

Siezen oder duzen Sie mich jetzt, Philipp?, fragt Marie frech.

Ganz wie du magst oder Sie mögen.

Philipp hält seinen Kopf schief, so wie Simon. Die Größe stimmt auch.

Fast. Cellistin, erwidert Marie.

Er sucht etwas in seinem Portemonnaie und überreicht Marie eine Karte aus festem Papier.

Melde dich gerne, wenn du mal in Hamburg bist!

Marie lacht, winkt ihm zu und verlässt den Laden.

Bereits im Treppenhaus dröhnt ihr laute Rockmusik entgegen. Sie schließt auf, schüttelt den Kopf und beeilt sich, die Tür zuzumachen. Den Nachbarn hat sie in letzter Zeit schon einiges zugemutet, Musiker sind in einem Wohnhaus selten beliebt. Und Marie möchte die Geduld ihrer Nachbarn nicht überstrapazieren.

Sie hängt ihren Mantel rasch an der Garderobe auf und läuft mit ihrem Jutebeutel in die Küche. Josie tanzt vergnügt um den Tisch. Jetzt weiß Marie wenigstens, dass die Freundin nicht in ihrem Zimmer rumgeschnüffelt hat. Sie war wahrscheinlich die ganze Zeit mit der Musik beschäftigt. Marie ist erleichtert.

Da bist du ja schon!

Josie lacht ausgelassen und dreht sich einmal um die eigene Achse.

Übst du schon für deine Party?

Marie muss grinsen bei ihrem Anblick.

Ja, und für alle Partys die noch so kommen!

Ich hätte meinen Geburtstag auch gerne groß gefeiert.

Marie seufzt und packt die Milch aus.

Aber vielleicht nächstes Jahr?

Josie wirft übermütig die Arme in die Luft und strahlt sie auffordernd an.

Das geht wahrscheinlich nicht. Du weißt ja …

Ich höre nichts, ruft sie, während sie sich noch einmal um die eigene Achse dreht.

Marie glaubt, dass sie nicht mehr mit ihr über Simon sprechen möchte. Sie drehen sich ja auch nur im Kreis, Simon und sie. Genau wie Josie gerade in ihrer Küche.

Du weißt doch, wie schwer es für mich damals war, eine Frau zu finden!

Josie verzieht das Gesicht und macht eine wegwerfende Handbewegung.

Ich sag dir, Frauen sind noch viel komplizierter. Drei Dating-Apps habe ich verschlissen, ehe ich Eileen gefunden habe. Du musst eben auch was dafür tun. Ohne Fleiß kein Preis!

Das hat doch nichts mit Fleiß zu tun.

Marie schüttelt verwundert den Kopf und öffnet eine Milchpackung. Dating-Apps sind nichts für sie, denkt sie.

Josie bemerkt, dass sich Maries Stimmung verändert hat, dreht die Musik leiser und setzt sich an den Küchentisch. Sie sieht Marie dabei zu, wie sie erst die Milch aufschäumt und sie dann in zwei Tassen gießt.

Da war so ein komischer Typ an der Kasse, beginnt Marie zu erzählen.

Ach ja?

Josie beugt sich neugierig nach vorn.

Ich kenne diesen Blick bei dir, Marie.

Sie grinst.

Welchen Blick denn?

Marie grinst zurück.

Eben genau diesen! Wenn du so geheimnisvoll aussiehst, dann wird es meistens interessant.

Marie lacht und erzählt von der Begegnung mit Philipp. Josie schnappt sich gleich das Tablet, das auf dem Küchentisch liegt, und gibt bei Google ein »Philipp« und »Elbphilharmonie«. Und wer sagt es denn. Sie finden alles, wonach sie gesucht haben.

Dienstag, 16:00

Marie:

Bist du wieder zurück?

Simon:

Ja, ich bin zurück.

Marie:

Ich hoffe, du hast mich etwas vermisst.

Simon:

Um ehrlich zu sein, war ich froh, dass ich ein paar Tage nicht an dich denken musste.

Simon:

Und ich muss dir auch sagen, dass es keine Entwicklung zwischen uns geben kann.

Simon:
Hoffentlich habe ich dir jetzt nicht den Tag vermiest.

Dienstag, 19:17

Simon:
Marie, bist du noch da?

Marie:
Ja, ich bin hier.

Marie:
Ich glaube, wir drehen uns im Kreis.

Simon:
Ich weiß. Aber ich finde das eigentlich ganz schön.

Marie:
Wie meinst du das?

Simon:
Na, dass wir uns zusammen im Kreis drehen.

Marie:
Okay. Und wenn ich mich nicht mehr drehen will?

Simon:
Dann hören wir auf. Aber bis dahin drehen wir uns weiter, in Ordnung?

Marie:

Ob ich mich weiter drehen will ... das weiß ich gerade nicht mehr.

Simon:

Okay. Gar nicht mehr?

Marie:

Ich glaube, ich will mich nicht mehr drehen.

Simon:

Ich verstehe.

Simon:

Ich verstehe alles, weißt du. Aber ich darf es trotzdem schade finden, oder?

Marie:

Bitte schreib mir nicht mehr.

Simon:

Na gut. Wenn du das willst, mache ich das nicht mehr.

Simon:

Ich werde dir also nicht mehr schreiben.

Mittwoch, 08:29

Marie:

Du bist mir entfolgt?

Simon:
Ja, du wolltest doch, dass ich dich in Ruhe lasse.

Marie:
Ich habe dich darum gebeten, mir nicht mehr zu schreiben. Aber deshalb musst du mich doch nicht gleich löschen!

Simon:
Ich wollte dir helfen. Außerdem kann ich die Inhalte, die du teilst, ja trotzdem noch sehen.

Simon:
Und ich werde auch weiterhin nachsehen, was du so machst. Ich folge dir nur nicht mehr.

Simon:
Am besten, du entfolgst mir auch.

Marie:
Das kann ich nicht.

Simon:
Es liegt nicht an dir, dass ich nicht zu dir kann. Wir sind uns einfach zur falschen Zeit begegnet.

Simon:
Und es mag spießig klingen, aber ich habe mich vor fünfzehn Jahren nun mal für Hannah entschieden.

Simon:
Und ich möchte auch nicht, dass du auf mich wartest oder so.

Simon:
Ich werde dich ab jetzt in Ruhe lassen. Und ich sag das nicht einfach dahin, ich meine das wirklich so. Auch wenn ich gerade einen Kloß im Hals habe.

Marie:
Ich jetzt auch.

***

Die Führung durch das Berliner Schloss beginnt mit einer Diashow im Vorraum. Marie huscht noch schnell in den voll besetzten Raum, als der Leiter auch schon mit der Begrüßung startet. Sie erwischt einen der hinteren Plätze. Sie war noch nie im neuen Schloss, und gerade ist sowieso alles besser, als zu Hause zu sitzen und aufs stumme Handy zu starren.

Sie betrachtet die Fassaden. Das Schloss steht unter dem Zeichen des Wiederaufbaus von Geschichte. Doch zugleich bedeutet der Neubau das bewusste Verdrängen von Geschichte, denkt sie. Der Palast, der an dieser Stelle vorher stand und den die DDR aufgebaut hatte, wurde vor Jahren abgerissen, damit das alte Schloss wieder aufgebaut werden konnte. Darauf kommt auch der Leiter jetzt zu sprechen. Seine Stimme macht neugierig auf die Führung. Trotzdem muss Marie an Simons Stimme denken und kann sich nicht mehr auf die Ausführungen konzentrieren. Er hat zu schnell akzeptiert, dass sie sich nicht weiterdrehen will. Dabei will sie eigentlich nichts mehr als Kontakt, egal wie er aussieht. Die Entscheidung, ihm das zu schreiben, hat ihr Kopf gefällt, nicht das, was klopft, in ihr drin, und bei dem Gedanken an ihn fast aussetzt. Aber Simon hat alles sofort akzeptiert, er hat um nichts gekämpft.

Die Diashow ist beim letzten Bild angekommen, die Gäste dürfen Fragen stellen. Als die Vorstellung vorbei ist, erhebt Marie sich zusammen mit den anderen Besuchern und lässt sich durch die Gänge treiben. Plötzlich taucht eine Gestalt vor ihr auf, und vertraute Augen fangen ihren Blick auf. Marie erstarrt, als sie Simon erkennt.

Was machst du hier?, fragt sie ohne Stimme.

Seine Augen glänzen wie bei ihrer ersten Begegnung.

Marie lächelt, und Simon klebt an ihren Augen. Das Schloss ist nett, aber es interessiert sie nicht weiter. Sie spürt seine Nähe, nur darauf kommt es jetzt an. Was für ein Zufall.

Schulter an Schulter gehen sie wie elektrisiert ein paar Meter hinter der Gruppe, schweigend, auch wenn Marie kaum etwas von dem mitbekommt, was der Tourguide erzählt. Noch vor ein paar Minuten hat sie gedacht, dass Simon und sie sich nie wieder sehen werden. Und dann steht er plötzlich vor ihr. Marie freut sich so, dass ihre Stimme für einen Moment wegbleibt. Sie räuspert sich, und auch Simon hat einen Frosch im Hals.

Nach der Führung gibt es noch einen Sektempfang. Marie hofft, dass Simon noch kurz bleiben kann. Dass er nicht direkt schon wieder losmuss. Und Simon macht zum Glück keine Anstalten zu gehen, sondern bringt Marie ein Glas Sekt mit. Sie war selten so froh über ein Glas Sekt, dabei mag sie gar keinen Sekt. Aber sie würde gerade auch eine ganze Flasche trinken, wenn er dann nur länger bleiben könnte. Sie stehen jetzt ganz dicht nebeneinander und reden über unwichtige Dinge wie Wetter und Schuhe. Seine sind sauber. Es gibt nichts Schöneres, als Simon zufällig zu begegnen, denkt Marie. Sie ist aufgeregt, wie immer, wenn sie in seiner Nähe ist.

Was machst du hier?, fragt sie.

Die Frage ist eher, was machst *du* hier?, fragt Simon zurück.

Ich wollte mir das neue Schloss ansehen, erklärt sie.

Das wollte ich auch.

Berlin ist wirklich ein Dorf.

Wie findest du das Ganze, fragt sie und zeigt auf eine Installation, die den Gedanken des Wiederaufbaus der Geschichte verdeutlichen soll.

Schön, sagt Simon nur und dreht sich einmal um die eigene Achse.

Findest du wirklich?, fragt Marie und wirkt nachdenklich. Mit ihren Kommilitonen hat sie viel über das neue Schloss diskutiert. Die meisten, mit denen sie gesprochen hat, waren gegen den Wiederaufbau. Marie findet auch, dass es etwas mit Verdrängung von Geschichte zu tun hat, wenn ein Gebäude abgerissen wird, nur weil es nicht mehr ins Bild passt.

Hier stand früher etwas anderes, sagt er und presst die Lippen aufeinander.

Ja, der Palast der Republik, sagt Marie. Den haben sie abgerissen, um das Schloss wieder aufzubauen. Findest du nicht, dass er auch ein Stück Geschichte war?

Marie gefällt sich in ihrer Rolle, sie hat eine Meinung zum Wiederaufbau des Schlosses und kann sie vertreten. Sie erinnert sich noch an ihren Spaziergang in der Torstraße und dass sie Simons Ausführungen sonst häufig einfach nur zugehört hat. Heute soll es anders sein, denkt sie.

Simon zuckt mit den Achseln. Das Schloss ist doch schöner, sagt er.

Ja, aber die DDR verschwindet doch nicht, nur weil man ein Gebäude abreißt und mit aller Gewalt ein neues draufsetzt, entgegnet sie. Die sozialistische Vergangenheit soll also einfach überdeckt werden, um die historische Zeit davor wieder zum Leben zu erwecken? Der Palast trägt doch ebenfalls Geschichte in sich, die erzählenswert ist. Was sollen denn die Menschen denken, die in der DDR aufgewachsen sind? Dass ihr altes Leben ein falsches war? Das hätte doch auch ein Museum werden können, zum Beispiel mit einer begehbaren Galerie.

Sie schnappt kurz nach Luft.

In der Ausstellung hätte man natürlich auch auf das Schloss eingehen können, fügt sie noch schnell hinzu.

Ach, Marie, sagt Simon. Das Schloss ist ja nicht neu, es stand schon vor dem Palast der Republik hier. Es soll einen alten Zustand repräsentieren, da es ja ein Wiederaufbau ist. Und jedes Land und jede Regierung hat ihre eigenen Gesetze. Die Sozialisten hätten das kaputte Schloss ja auch wieder aufbauen können. Stattdessen haben sie es ganz abgerissen und einen hässlichen Kasten hingestellt. Ich bin froh, dass er endlich weg ist!

Marie weiß nicht, was sie darauf antworten soll, und fühlt sich schachmatt gesetzt.

Ich kann leider nicht mehr länger bleiben, murmelt er und kramt mit der linken Hand in seiner Jackentasche.

Wahrscheinlich sucht er nach seinem Schlüssel, vermutet Marie.

Ich muss mal eben auf Toilette, sagt sie und dreht sich prompt um, um in Richtung der Toiletten zu verschwinden. Im Vorraum hält sie ihre Hände unters fließende kalte Wasser und legt sie auf die Stirn. Simon bringt immer alles durcheinander. Sie atmet tief ein und aus. Eigentlich findet sie es gut, dass er ihr Contra gibt. Aber sie möchte ihm auch nicht unterlegen sein.

Hoffentlich wartet er auf mich, denkt sie, während sie die Toiletten verlässt und durch die Gänge läuft.

Simon steht am Ausgang und hält nach ihr Ausschau, Marie ist erleichtert.

Kann ich dich ein Stück mitnehmen? Ich bin mit dem Auto da, sagt er.

Warum nicht, gibt sie zurück.

Sie versucht, sich cool zu geben, aber insgeheim ist sie einfach nur froh, dass sie sich heute begegnet sind. Ein bisschen noch die Zeit mit Simon ausdehnen, da hat sie nichts gegen. Und wer weiß, vielleicht fährt er sie ja nach Hause und kommt noch mit rein. Marie verwirft den Gedanken gleich wieder, zu viel Hoffnung will sie sich auch nicht machen.

Sie laufen die Straße entlang. Marie traut sich nicht, seine Hand zu nehmen.

Klack, klack. Klack, klack.

Hier sind wir, sagt Simon und bleibt neben einem schwarzen Geländewagen stehen. Er öffnet die Beifahrertür, und Marie steigt ein. Es fühlt sich seltsam an, auf dem Platz zu sitzen, auf dem normalerweise sicher seine Frau sitzt. Der Sitz ist warm und bequem, und sie könnte sich daran gewöhnen, öfter darauf zu sitzen. Marie stellt sich vor, wie sie gemeinsam im Auto durch Berlin fahren und wie glücklich sie dann wäre. Neben Simon, in diesem Auto. Sie will genau das.

Als er den Schlüssel umdreht, ertönt klassische Musik, die er sofort leiser stellt.

Mach's wieder lauter, sagt Marie, aber er sucht einen Popsender aus.

Simon neben ihr im Auto. Marie sieht ihn von der Seite an, er wirkt konzentriert. Sie möchte ihn berühren. Ihm sagen, dass sie einsam ist ohne ihn. Aber sie schweigt, weil er es sicher nicht hören will.

Er zeigt nach links.

Siehst du dieses Gebäude? Kennst du das?

Das Soho House, sagt Marie und ist froh, dass sie eine Antwort auf die Frage hat. Ein Private-Member-Club für Kreative und Hotel für Hollywood-Stars.

Das war mal ein jüdisch geführtes Kaufhaus, bis es von den Nazis enteignet und zum Zentrum der Hitlerjugend wurde. In der DDR hatte die SED hier ihren Sitz. Das Gebäude ist denkmalgeschützt, erklärt er, und Marie staunt. Ihr war schon klar, dass hier nicht immer das Soho House gestanden haben konnte, aber auch nicht, was sich früher hinter der Fassade verborgen hat.

Durch Simon kann sie den ehemaligen Osten in einem anderen Licht sehen, und ihr Wohnort erscheint ihr plötzlich wie ein geschichtsträchtiges Domizil. Marie würde überall mit ihm hinfahren, egal wohin. Das hier ist perfekt, das ist das, wonach sie gesucht hat, es ist einfach: alles.

Nimm meine Hand, flüstert Marie, aber so leise, dass er es nicht hören kann. Wenn das Glück kommt, dann kommt es doppelt. Ihr Hemd klopft, ebenso wie seins, das sieht sie genau. Simons Blick ist fest auf die Straße gerichtet, und Marie sieht sich verstohlen um. Hinten sind zwei Sitze für die Kinder und in der Mitte ein Hundekorb. Dort sitzen also seine Töchter Helen und Charlotte, und in dem Korb liegt Henri, der Hund. Ein Boxer.

Schöne Gegend, in der du wohnst, sagt Simon.

Er sieht aus dem Fenster und betrachtet die Umgebung. Sie hat im Internet schon längst nach Wohnungen für sich geschaut. Sie will endlich raus aus der WG.

Ich hab mich schon nach Wohnungen umgesehen und werde sicher demnächst umziehen, sagt sie. Ich würde gerne in den Westen, den Osten kenne ich ja bereits. Vielleicht Zehlendorf, fügt sie noch hinzu.

Simon sieht überrascht zu ihr herüber.

Aber bitte nicht in meinen Kiez. Sag mir, wo kann ich dich rauswerfen?

Marie sieht aus dem Fenster. Simon will also nicht, dass sie in seine Nähe zieht. Das kann sie sogar irgendwie verstehen. Am liebsten würde sie sitzen bleiben, aber sie können ja nicht ewig durch die Gegend fahren. Warum können sie nicht einfach zu sich nach Hause? Zusammen eine Runde durch den Wald drehen und danach aufs Sofa. Einen Wein aufmachen und dort liegen, irgendwo zwischen Decken, einfach nur zusammen. Mehr soll es doch gar nicht sein, nur nichts anderes. Doch nur das.

Da vorne an der Ecke, dann laufe ich das restliche Stück, sagt sie.

Sicher?

Sein Hemd bewegt sich schneller.

Ganz sicher, sagt sie.

Warum sagt sie das? Hoffentlich lässt er sie nicht aussteigen.

Simon fährt rechts ran.

Als der Wagen zum Stehen kommt, schaut sie ihm fest in die Augen.

Denkst du ab und zu noch an uns?

Er schweigt für einen Moment sein Lenkrad an, dreht sich dann aber doch zu ihr.

Immer.

Marie atmet wieder.

Aber es ist trotzdem besser so, fügt er hinzu.

Sie steigt aus, der Wagen fährt davon.

Wumms.

Das haut rein, richtig rein.

***

Marie:

Danach habe ich dir geschrieben, dass es die merkwürdigste Begegnung von allen war, aber du hast nicht mehr geantwortet.

Marie:

Unser Wiedersehen hat also nichts an der Situation geändert.

Marie:

Ich versuchte mir einzureden, dass das mit uns jetzt vorbei war. Wirklich vorbei.

Marie:
Dabei konnte ich mir nicht vorstellen, dass du mich einfach so abschalten konntest, die alte Platte wieder auflegen, so als wenn keine andere Musik dazwischen gespielt hätte.

Marie:
Aber ausgerechnet von dir, dem ich nie gesagt habe, wo ich wohne, kam ein kleines Päckchen.

Marie:
Ich wusste nicht, wie du an meine Adresse gekommen bist. Aber ich hab mich gefreut!

Marie:
In dem Umschlag war *LOVE* von Roddy Doyle. Auf der ersten Seite stand, dass du in einem anderen Leben alles dafür getan hättest, damit das mit uns funktioniert.

Marie:
Aber in diesem Leben gibt es kein Happy End.

Marie:
Das Buch liegt immer noch in demselben Umschlag, in dem du es mir geschickt hast, im Wandschrank.

Marie:
Ich weiß auch nicht, warum ich es bis heute nicht gelesen habe. Vermutlich, weil es zu sehr nach Abschied roch.

Marie:

Und dann hast du auch noch dein Profilbild geändert.

Marie:

Du in dem Hemd, das ich dir am Flughafen geschenkt habe.

Marie:

Und ich habe wieder angefangen, mich zu drehen.

Marie:

Der Unterschied zu früher war, dass ich mich von da ab allein gedreht habe.

Marie:

Am Abend dachte ich noch kurz über unsere Begegnungen nach. Ich dachte, das muss dieses Schicksal sein, von dem alle sprechen.

Marie:

Und ist man seinem Schicksal nicht auch verpflichtet?

ACHT

Marie übt in den alten Räumen der Hochschule, um nicht aus der Routine zu kommen. Sie hat gerade erst den Bogen angesetzt, da schweifen ihre Gedanken schon in die unterschiedlichsten Richtungen ab, lassen sich nicht einfangen und nur schwer zähmen. Sie hat einen Kloß im Hals. Außerdem ist ihr heiß, es fühlt sich an, als hätte sie Temperatur.

Mist, sie weiß schon wieder nicht mehr, wo sie ist, hat sich in den Noten auf dem Blatt vor ihr verloren. Also noch einmal von vorne. Zum vierten Mal. Den ersten Melodiebogen kann sie inzwischen auswendig, doch dann drängt sich wieder Simon dazwischen. Im Schloss, und neben ihr im Auto, wie sie durch die Nacht fahren.

Marie ist immer noch angezogen von ihm. Simon hat etwas aufgewühlt, von dem sie gar nicht wusste, dass es überhaupt in ihr existiert. Eine neue Farbe oder Tonalität. Spuren, die man nicht sieht. Etwas, das alles infrage stellt. Auf ihre letzte Nachricht hat sie keine Antwort erhalten. Jedenfalls keine richtige. Er hat nur das Bild von der Schlossführung gelikt, das sie auf ihrem Profil geteilt hat. Marie schaut auf die Noten, aber sie hat einen undurchsichtigen Schleier vor den Augen. Und bald ist auch noch Wochenende. Samstage sind meist noch okay, da ist sie oft mit Einkaufen und Putzen beschäftigt. Oder verabredet. Aber Sonntage sind Familientage. Sonntage sind am schlimmsten.

Nicht zu wissen, wer die Frau an Simons Seite ist, macht Marie verrückt. Dennoch ist es vermutlich besser so.

Hannah.

Ein schöner Name. Eine Frau, die sicher keine kaputten Finger hat, aber vor allem hat sie eins: Simon. Ihren Simon, den Marie ihr kurz geklaut hat und den sie ihr jetzt wohl oder übel wieder zurückgeben musste. Marie versucht, sich auf die Noten zu konzentrieren, aber das Bild einer fremden Frau schiebt sich vor die Seiten.

Wer ist sie, wer ist Hannah? Wer ist die Frau, mit der Simon zusammenlebt?

Je länger Marie darüber nachdenkt, desto mehr will sie jetzt doch wissen, wer sie ist. Wie sie aussieht. Ob sie helle Haare hat oder dunkle. Lange, mittellange oder kurze. Sie braucht ein Bild, ein richtiges Bild, das ihr beweist, dass es seine Frau gibt. Vielleicht hat Simon sie auch nur erfunden? Eigentlich möchte sie nur überprüfen, ob es stimmt, was er alles erzählt hat, weil sie sich das nicht vorstellen kann. Egal, wie sehr sie es auch versucht.

Sie will doch nur wissen, wie sie leben. Mit den Kindern und dem Hund: als Familie. Bei dem Wort zuckt sie kurz zusammen und rutscht mit dem Bogen ab. Sie seufzt, klappt die Noten zu und macht Schluss für heute. Es hat einfach keinen Sinn, es weiter zu versuchen.

Als Marie nach Hause kommt, geht sie direkt in ihr Zimmer. Sie schließt die Tür hinter sich, nimmt ihr Tablet und setzt sich unter ihrem Fenster auf den Boden. Wie automatisch öffnet sie den Browser. Sie kann nicht anders. Sie muss wissen, wie Hannah aussieht. Wer sie ist, wie sie sich kleidet. Ob sie nett ist.

Sie zögert einen Moment, ehe sie den Namen in die Suchleiste eingibt. Hannah Lauwitz. Sicher hat sie seinen Nachnamen angenommen.

H a n n a h .

Eigentlich ganz einfach. Es sind nur sechs Buchstaben, die Marie in Gedanken hin- und herdreht, um sie dann wieder zu wenden. Es geht um etwas. Das ist die Tür zu einer Welt, zu der sie keinen Schlüssel hat. Und solange sie nicht auf Enter drückt, gibt es Hannah nicht. Jedenfalls nicht richtig. Drückt sie die Taste, wird sie zum Leben erweckt. Soll sie, oder soll sie nicht? Es wird nichts ändern, aber dann doch so vieles. Mit Hannah verbringt Simon sein Leben. Sie schlafen am Abend zusammen ein und wachen morgens nebeneinander auf. Sie versorgen gemeinsam die Kinder, fahren zusammen in den Urlaub. Weihnachten, Ostern, Geburtstage. Ein gemeinsamer Lebensentwurf, der beide zufriedenstellt. Und diese Frau ist der zweite Teil von ihrem Simon, mit dem alles aus den Fugen gerät. Und mit dem sie überall hingehen würde.

Es ist richtig, was sie tut. Jeder, den sie kennt, würde an ihrer Stelle das Gleiche tun.

Alle tun es.

Enter.

It's done.

Ihr werden Hunderte Bilder angezeigt. Junge Frauen, alte Frauen. Blonde und dunkelhaarige. Schlanke und untersetzte. Sie scrollt sich durch die Bilder. Die meisten sind von irgendwelchen Portalen oder Presseberichten.

Sie hält inne.

Das hier könnte Hannah sein, das daneben aber auch.

Sie vergrößert ein Bild. Ja, so hat sie sich Hannah vorgestellt. Eine große schlanke Frau mit braunen Haaren. Sie wirkt aber zu jung. Seine Frau wird doch bestimmt Mitte vierzig sein, vielleicht ein paar Jahre jünger. Die Frau auf dem Bild ist aber nicht älter als Mitte dreißig.

Marie scrollt weiter.

Sie bleibt an einem Foto hängen, auf dem eine Frau mit blonden Haaren zu sehen ist. Nein, blond passt nicht zu Simon. Wahrscheinlich ist Hannah brünett und trägt lange Haare.

Das nächste Bild kann es allerdings auch nicht sein. Sie sucht ja nach einer realistischen Person und nicht nach einem Model.

Also weiter nach unten.

Die Frau, die ihr jetzt angezeigt wird, ist wahrscheinlich Anfang vierzig. Sie hat kurze braune Haare und sieht Marie etwas ähnlich. Aber ob sie die Richtige ist? Diese Frau passt nicht zu der Hannah, die sie im Kopf hat. Simon hat einmal erwähnt, dass Hannah die Kinder mit Ende zwanzig bekommen hat. Das kommt zeitlich nicht hin.

Also weiter.

Dann hält sie inne.

Auf dem nächsten Foto ist eine Frau im Profil und in Schwarz-Weiß zu sehen. Sie hat lange Haare und feine Gesichtszüge. Eine Barbie, nur in Brünett, denkt Marie und beißt sich auf die Lippen.

Marie tippt auf das Bild und wird auf ein Profil bei einer Plattform geleitet. *HLauwitz.* H steht wohl für Hannah.

Auf der Seite sind noch weitere Bilder zu sehen. Simon hat fast alle gelikt.

Ihr Hemd klopft.

Das ist also Hannah. Sie kommt anscheinend viel rum: New York, Paris, Amsterdam. Und Simon hat auch ein paar Bilder humorvoll kommentiert.

Maries Magen zieht sich zusammen. Sie fühlt sich betrogen, dabei kann Simon sie ja gar nicht betrügen. Aber das genau ist es ja, es ist eigentlich gar nichts passiert. Und er macht einfach weiter, wie immer. Sie ist wütend, fühlt sich verraten. Ihre Emotionen fahren Wilde Maus.

Sie öffnet ihre Nachrichten.

Freitag, 11:51

Marie:
Ich weiß, wir wollten nicht mehr schreiben. Du musst auch nicht antworten. Aber ich vermisse uns. Die, die ich war, als es uns noch gab.

Simon:
Du hast recht. Du solltest mir nicht mehr schreiben. Und ich sollte auch nicht mehr antworten.

Simon:
Aber eine letzte Frage habe ich noch: Wir könnten nicht einfach so tun, als ob es mein anderes Leben nicht gibt?

Marie:
Ich glaube nicht, dass ich dein Leben ausblenden

könnte. Da bin ich mir jetzt sicher. Es wäre falsch und gelogen, wenn ich dir etwas anderes sagen würde.

Simon:
Das verstehe ich. Ich werde dir nicht mehr schreiben, dich zu fragen war falsch.

Marie:
Ich habe übrigens deine Frau gefunden. Habe alles sehen können, auch das, was du unter ihre Beiträge geschrieben hast. Das fühlt sich an wie Verrat, Simon!

Marie:
Ja, ich fühle mich verraten. Und das ausgerechnet von dir!

***

Marie konnte nicht anders, sie musste ihm das schreiben. Warum, weiß sie auch nicht. Aber sie fühlt sich besser, nachdem sie die Nachrichten abgesendet hat. Auch wenn von Simon keine Antwort mehr kommt.

Simon und Hannah. Zwei, die ihr Leben so zusammengeworfen haben, dass es funktionieren muss. Warum hat sie nicht gleich auf ihn gehört? Warum hat sie seinen Worten nicht getraut, keiner einzigen Silbe? Er hat es doch von Anfang an gesagt. Aber sie wollte es nicht hören, weil die Wahrheit das klein gemacht hätte, was für sie so groß war. Und es war groß, es war alles.

Seit Simon weiß sie, was das Wort Verzweiflung bedeutet. Dabei war sie in ihrem Leben nie verzweifelt. Nicht einmal früher, als ihr Vater die Familie verlassen hat. Insgeheim wusste sie, dass es besser so ist. Aber bei Simon weiß sie es nicht. Da hat sie zum ersten Mal dieses beklemmende Gefühl gehabt, das langsam ihren Hals nach oben wandert. Marie erinnert sich noch an den Moment, als sie es das erste Mal wahrgenommen hat. Damals, als sie mit Simon im Wintergarten der Restaurant-Bar Martini Blue getrunken hat. Und er ihr gesagt hat, dass es nicht weitergeht. Simon war im letzten halben Jahr ihr Kompass. Aber sie wird darüber hinwegkommen, da ist sie sich sicher.

Marie beschließt, eine Runde um den Block zu laufen. Sie will raus, Luft einatmen und gegen den Kloß in ihrem Hals anarbeiten. Es ist bedeckt, und ein schwerer Himmel liegt über Berlin. Der Wind rauscht durch die Straßen. In ein paar Wochen ist schon wieder Herbst, dann liegen überall Blätter auf dem Boden. Rote, orangene, braune.

Sie fröstelt bei dem Gedanken und schiebt die Hände in die Taschen ihrer Jeansjacke. Heute kommt ihr alles trist vor. Dabei mag sie die Menschen in Schals und Mützen fast lieber. Sie sehen dann lustiger aus. Eine leise Vorfreude stellt sich ein, und sie schüttelt die trüben Gedanken ab, reckt das Kinn und rollt die Schultern nach hinten. Also, noch mal, alles auf Anfang, alles wieder auf Start. Ab jetzt ist Schluss, das mit Hannah vorhin war ein Ausrutscher. Das wird ihr nicht mehr passieren. Aber Marie weiß, sie würde lügen, wenn sie dasselbe über Simon behauptet. Durch sein öffentliches Profil ist ein Abschied nämlich nie für immer.

Sie nimmt das Handy aus der Jackentasche und ruft Josie zurück. Das wollte sie schon den ganzen Tag machen, aber dann kam Hannah und später Simon dazwischen.

Marie hält den Hörer weiter weg und stellt auf laut. Seit einiger Zeit telefoniert sie mit Lautsprecher.

Sorry, dass ich mich erst jetzt melde. War viel los in letzter Zeit. Hab ich dir schon erzählt, dass ich Simon neulich zufällig begegnet bin?

Nein, hast du nicht. Wo denn?, fragt Josie.

Im Berliner Schloss, antwortet Marie.

Ihr begegnet euch aber ziemlich oft zufällig.

Ja, das stimmt. Aber es hat trotzdem nichts geändert. Wir sind weiterhin auf Abstand.

Gut, dann bist du ja nicht abgelenkt und hast wieder mehr Zeit für mich. Ich wollte nämlich eigentlich mit dir über die Party sprechen. Du kommst doch am Samstag?, fragt Josie.

Ja, klar komme ich!

Ich wollte nur sichergehen. Wir freuen uns, also Eileen und ich.

***

Marie:
Du fragst dich vielleicht, warum ich deine Frau gegoogelt habe. Ich wollte einfach wissen, wer sie ist, und warum *sie* es ist, mit der du zusammen bist.

Marie:
Und ob wir uns ähnlich sind, oder vielleicht doch ganz anders.

Marie:
Und ich wusste, dass ich sie finden würde, wenn ich nur nach ihr suchte, denn du hast mir mal ihren Namen verraten.

Marie:
Damals im Restaurant, weißt du noch? Als wir beide so viel von uns erzählt haben.

Marie:
Ich hatte schon Angst, versehentlich etwas zu liken. Gerade, wenn man auf dem Tablet scrollt, geht das schnell.

Marie:
Es hat sich angefühlt wie ein Einbruch, bei dem man nicht genau weiß, ob die Bewohner nicht doch gleich nach Hause kommen, und man jederzeit damit rechnen muss, erwischt zu werden.

Marie:
Du würdest so etwas natürlich nie machen, dachte ich zumindest. Du warst immer so korrekt.

Marie:
Du hast mir auch nicht mehr geschrieben. Dir fiel es offenbar leicht, dich zu entwöhnen, das stach.

Marie:
Vielleicht war es aber besser so, denn im Grunde wusste ich schon, dass ich aufhören musste.

Marie:

Ich habe dich aber immer mit mir herumgetragen, wir waren ja durch unsere Geräte miteinander verbunden.

Marie:

Ich habe ständig auf mein Handy geschaut, in der Hoffnung, du kommunizierst mit mir. Egal auf welchem Kanal.

Marie:

Und an dem Abend, als ich Hannah gegoogelt habe, war mir klar, dass ich eine Grenze überschritten hatte. Ich konnte aber nicht aufhören.

Marie:

Danach wollte ich dann trotzdem noch diese App ausprobieren, von der Josie mal erzählt hatte. Auf meinem Handy war sie ja schon.

Marie:

Ich wusste nur nicht, wie ich sie mit deinem Handy verbinden sollte.

NEUN

Die Feier von Josie findet in einem alten Gutshof in Brandenburg statt. Es ist Spätsommer, neunundzwanzig Grad. Es weht kein Wind. Marie trägt ein gelbes Kleid und flache Schuhe. Eine kleine Handtasche klemmt unter ihrem linken Arm. Das Motto: Vintage. Die Gäste sind jung, nur die Eltern und ein paar einzelne Verwandte sitzen an einem der hinteren Tische. Eine Band beginnt nach einer kurzen Begrüßung zu spielen. Das Grill-Buffet ist eröffnet. Überall Stimmen, klirrende Gläser, lautes Lachen. Im Vorhof des Gutshauses sind bunte Lampions angebracht. Darunter Stehtische neben einer Gin-Bar. Marie ertappt sich bei dem Gedanken daran, dass es bestimmt schöner wäre, wenn sie mit Simon hier wäre.

Sie trinkt den letzten Schluck von ihrem Begrüßungssekt, holt sich einen Drink bei der Gin-Bar ab und geht tanzen. Die Band spielt »Heartbeats« von The Knife, und die Musik umhüllt sie. Der Boden ist uneben, und sie ist froh, so flache Schuhe angezogen zu haben. Als sie mit dem vollen Glas über die Tanzfläche rauscht, stellt sie sich vor, Simon könnte sie sehen. Sie lacht, stellt sich vor, er könnte sie auch hören. Sie wird heute tanzen, und sie wird sich mit Martini Blue betrinken. Bis die Sonne untergeht.

Als die Band eine Pause einlegt, setzt sie sich auf eine der Bierbänke auf dem Vorhof. Die Luft ist weich. Im Hintergrund sind Grillen zu hören. Vor ihr steht ein gelbes Planschbecken, in dem die Gäste nach dem Tanzen ihre Füße kühlen können. Josie taucht hinter ihr auf, und sie hängen die Beine ins Wasser. Marie schließt die Augen. Drehen kann sie sich auch alleine.

Wie läuft die Feier, ist es so, wie du es dir vorgestellt hast?, fragt Marie in die Stille.

Ja, alles schick, man wird ja nur einmal dreißig!

Sie spritzt mit dem Wasser.

Hat er sich noch mal gemeldet?, fragt Josie.

Marie sagt nichts und nimmt einen letzten Schluck von ihrem Drink.

Aber genau das wolltest du doch eigentlich, stellt Josie fest.

Marie schaut nach oben. Der Himmel ist nicht mehr blau.

Eigentlich schon. Ich habe nur nicht damit gerechnet, dass er mich so ernst nimmt, sagt sie.

Josie guckt in ihr Glas.

Glaub mir, irgendwann hätte er es beendet. So bist du ihm zuvorgekommen.

Eileen kommt auf sie zu und drängt sich lachend dazwischen.

Das ist meine!

Sie setzt sich auf Josies Schoß und drückt ihr einen Kuss auf den Mund. Danach ist Marie dran.

Marie weicht überrascht zurück.

Hallo?

Eileen lacht.

Wir sind doch quasi Familie. Stell dich mal nicht so an!

Marie schüttelt peinlich berührt den Kopf.

Insgeheim findet sie es toll, was Eileen gesagt hat. Also, dass sie dazugehört. Das würde sie aber nicht zugeben.

Hast du inzwischen ein Engagement oder so gefunden?, fragt Eileen und nippt an ihrem Glas.

Ihre Direktheit ist meist angenehm, aber nicht immer. Sie bekommt keine Antwort.

Und bei den Menners? Guck dich doch mal hier um!

Eileen kichert und zeigt auf die Tanzfläche. Eindeutig Frauenüberschuss, sagt Marie und zuckt mit den Schultern.

Dann der attraktive Manager vielleicht?, fragt Josie und deutet auf einen jungen Mann in einem schnittigen blauen Anzug. Sie lacht.

Bei dem Wort Manager zucke ich schon zusammen. Aber klärt mich mal jemand auf?, fragt Eileen.

Marie hat an der Tankstelle einen Typen getroffen, der für die Elbphilharmonie arbeitet, erzählt Josie. Er hat ihr seine Karte gegeben und gesagt, dass sie sich melden soll, wenn sie mal in Hamburg ist. Aber wann ist Marie schon in Hamburg?

Eileen zieht ihre Schuhe aus und taucht vorsichtig einen Zeh ins Wasser. Sie betrachtet die beiden.

Okay, verstehe ich das richtig: Marie sucht ein Engagement und lernt, wo auch immer, einen Manager aus dem Musikbereich kennen, der sie treffen will. Und dann?

Marie schaut fragend zu Josie. Die zuckt mit den Schultern.

Gib mir dein Handy, sagt Eileen.

Sie streckt die Hand aus.

Wie?, fragt Marie. Sie weiß nicht, ob sie es aus der Hand geben soll.

Na los, gib mir dein Handy! Ich schreib dem jetzt.

Ehe sich Marie versieht, hat Eileen ihr Handy in der Hand und tippt darauf herum. Plötzlich werden ihre Augen ganz groß.

Was ist das?

Eileen sieht Marie an und hält ihr den Bildschirm vors Gesicht. Marie nimmt Eileen das Handy wieder weg und steckt es in ihre Tasche.

Das ist nichts.

Doch, doch, ist das nicht unsere App?, fragt Eileen.

Josie und Eileen schauen sich an.

Ja, das ist die App. Habt ihr ein Problem damit?

Marie hat keine Lust auf Diskussionen. Das ist ihre Privatsache.

Ihr habt euch diese App doch auch runtergeladen, sagt sie trotzig.

Ja, das haben wir. Aber wir sind auch ein Paar, sagt Josie eindringlich.

Wir sind auch ein Paar, presst Marie hervor und will einen letzten Schluck nehmen, aber das Glas ist bereits leer.

Das mit euch ist vorbei, und du kannst Simon nicht gegen seinen Willen beobachten, sagt Eileen.

Ich habe mir bloß die App runtergeladen, mehr nicht. Und für mich ist es nicht vorbei.

Danach war der Abend für Marie gelaufen. Eileen hat irgendwann ein Großraumtaxi bestellt, und damit sind sie zu dritt nach Kreuzberg gefahren. Auf der Fahrt haben nur die beiden gesprochen. Marie hat nichts gesagt, bis das Taxi vor dem Haus zum Stehen gekommen ist. Der Vorschlag mit der Couch kam von Josie, und Marie war sowieso viel zu fertig, um noch irgendwohin zu fahren. Simon ist ihr entglitten, wie durch ihre Finger gerutscht. Jetzt war er weg. Wirklich weg. Das musste sie erst einmal verarbeiten.

Sie liegt wach auf der Couch im Wohnzimmer, Eileen und Josie sind schon lange im Schlafzimmer verschwunden. Es ist vier Uhr, als Marie das letzte Mal auf die Uhr sieht, bevor sie endlich einschläft. Im Traum steht sie an einem Waldrand. Sie stellt ihr Fahrrad in der Straße von Simons Haus ab, nicht direkt am Eingang, sondern weiter hinten. Das Haus ist aus Beton: ein Townhouse. Von der Straße kann man durch die verglaste Front hineinschauen.

Marie wartet, bis alle Familienmitglieder und der Hund das Haus verlassen haben, was Stunden dauert. Sie wartet unter einer Bank auf der anderen Straßenseite. Als niemand mehr im Haus ist, läuft sie zur Rückseite und steigt durch die Terrassentür ins Wohnzimmer ein. Es ist eng, aber Licht flutet durch die Fenster, die Wände sind aus Holz. Ein großes Sofa steht in der Mitte des Raums. Ein riesiger Flachbildschirm dominiert das Zimmer. An den Wänden hängen Bilder in bunten Glasrahmen. Eine Treppe führt nach oben, sie ist breit, jede Etage hat nur wenige Quadratmeter. Marie läuft durchs Wohnzimmer und schaut in die Küche. Ihr Ziel ist das Schlafzimmer. Sie will das Zimmer sehen, in dem Simon und Hannah schlafen. Sie geht die Stufen nach oben, als die Haustür geöffnet wird. Schnell versteckt sie sich hinter einer Glastür. In dem Moment, in dem Simons Frau vor ihr steht und sie fragt, was sie in ihrem Haus macht, wacht sie auf.

Das Adrenalin pumpt durch Maries Körper, und sie ist froh, als Josie sie zum Brunch ruft und sie aufstehen darf. Aufzustehen ist manchmal besser als liegen zu bleiben. Aufzustehen bedeutet, sich nicht in einer Illusion zu verirren. Und mit Josie und Eileen an einem Tisch fühlt es sich an wie Familie. Sie lachen über viel und streiten über nichts. Am liebsten würde sie für immer hier auf dem Sofa schlafen. Aber sie weiß, dass das natürlich Quatsch ist.

Während Marie an ihrem Kaffee nippt, bestehen die beiden darauf, dass sie die App bei Gelegenheit löschen soll. Sie verspricht es und schaut auf ihr Handy. Simon hat nicht mehr geantwortet, dafür hat er das Bild gelikt, das Josie von ihr gemacht hat. Auf der Tanzfläche schwebend, in dem gelben Kleid, und einem Martini Blue in der Hand. Eben war Simon noch weit weg, weil er nicht mehr antwortet. Aber jetzt weiß Marie, dass er doch noch da ist. Bei ihr ist. Sein Like ist eben nicht irgendein Like. Es ist ein Lebenszeichen, es ist Kontakt, ein »Ich bin immer noch hier«. Wie ein zarter Kuss. Eine kurze Befriedigung. Zwar immer nur kurz, aber immerhin etwas, auf das man bauen kann, denkt Marie.

***

Marie:
Die Suche nach deiner Frau hatte ich schon bereut.

Marie:
Der Algorithmus hat sich wohl gemerkt, dass ich sie gegoogelt habe. Sie wurde mir als neuer Kontakt vorgeschlagen.

Marie:

Ich habe mich gefragt, ob sie womöglich auch einen Kontaktvorschlag erhalten hat. Ich habe schon Angst vor meiner eigenen Courage bekommen.

Marie:

Ich wusste, dass es falsch war, nach deiner Frau zu suchen. Auf der anderen Seite machen wir das doch alle!

Marie:

Das ist ja so, wie wenn dir jemand eine Pizza vor die Nase hält, und du lehnst ab, obwohl du schon lange nichts mehr gegessen hast.

Marie:

Ich war auch frustriert, weil du meinem Wunsch nach Kontaktabbruch einfach so gefolgt bist. Ohne Widerstand.

Marie:

Die Sehnsucht musste erst einmal verdauen, welchen Deal ich mit meinem Verstand eingegangen war.

Marie:

Und als ich dann auf deine Seite gehen wollte, habe ich gesehen, dass du sie auf privat gestellt hast.

Marie:

Ich konnte nichts mehr sehen. Nichts, nichts.

Marie:

Ich wurde von dir vor die Tür gesetzt.

Marie:

Simon, der Schützer der Privatsphäre.

ZEHN

Der Zug fährt in den Hamburger Hauptbahnhof ein. Marie nimmt ihre Tasche, die oberhalb der Sitze verstaut ist. Sie greift nach der Jacke, die an einem dünnen Haken neben ihrem Sitz hängt, und folgt den anderen Fahrgästen in Richtung Tür. Sie freut sich auf das Wochenende mit Philipp. Sie hat ihm nach Josies Geburtstag geschrieben. Einfach so. Um es mal auszuprobieren. Seitdem waren sie fast täglich in Kontakt. Es ist unbeschwerter als mit Simon. Es fällt ihr leicht mit ihm. Sie schicken sich lustige Videos, die sie entdecken, Eindrücke von Konzerten, auf denen sie waren. Ohne es zu merken, sind sie sich nähergekommen, auch wenn Marie kein Herzklopfen hat, wenn eine Nachricht von ihm angezeigt wird. Es ist einfach schön, dass jemand da ist. Und vielleicht ist es gerade deshalb so angenehm, weil sie nichts von ihm erwartet, weil sie sich nichts erhofft. Marie weiß es nicht genau, sie weiß nur, dass es guttut, mal aus Berlin raus und von Simon weg zu kommen. Für heute Abend hat Philipp einen Tisch beim Franzosen reserviert. Ihr Blick fällt auf ihre Hände, sie sehen heute ganz gut aus. Sie hatten schon schlimmere Zeiten.

Marie steht zwischen Fahrgästen im Türrahmen, als der Zug zum Stehen kommt. Ein schneller Blick aufs Handy. Sie ist angespannt, aber ein wenig Abwechslung wird sicher gut sein. Eileen hat sie dazu überredet, Josie und sie sind bis Sonntag in Amsterdam. Und nun hat sie auch Pläne fürs Wochenende und bleibt nicht allein in Berlin zurück.

Als mehrfach das Geräusch ertönt, das die Türöffnung ankündigt, sieht sie durch die Scheibe Philipp. Er ist schon da und wandert das Gleis auf und ab wie ein ungeduldiger Tiger. Marie steigt die paar Stufen nach unten. Er lächelt erfreut, als er sie erkennt, und läuft auf sie zu. Ein Wochenende in Hamburg also, sicher das Beste, was sie machen kann.

Willkommen in der schönsten Stadt der Welt, sagt Philipp und zwinkert ihr zu.

Er trägt einen maßgeschneiderten Anzug. Dazu Turnschuhe. Etwas verlegen fährt er sich mit der linken Hand durch seine blonden Haare und rückt dann seine Brille zurecht. Das Gestell ist mattgrau, sieht aus wie lasiertes Holz. Marie fällt auf, dass sie auch dringend eine Brille bräuchte. Ihre Augen haben sich im letzten Jahr verschlechtert. Das Rezept liegt schon seit einer Weile auf ihrem Schreibtisch, aber sie schiebt solche Investitionen vor sich her. Es gibt wichtigere Dinge als eine Brille, denkt sie.

Danke fürs Abholen, sagt Marie.

Es ist mir ein Vergnügen.

Philipp führt sie durch den Bahnhof nach draußen. Sein Auto steht auf dem Parkplatz hinter dem Bahnhof. Er hält die Tür des grauen Jeeps auf, damit sie einsteigen kann. Grau scheint seine Farbe zu sein, denkt Marie. Als er im Auto sitzt, dreht er sich zu ihr.

Alles okay?

Er lächelt kurz, scheint sich vergewissern zu wollen, dass sie sich wohlfühlt. Sie lächelt zurück.

Es könnte nicht besser sein, antwortet sie und meint es auch so.

Philipp startet den Motor, und Marie macht es sich auf dem Beifahrersitz bequem. Sie betrachtet die Häuser und Lichter, die sich im Wasser der Alster spiegeln. Es muss schön sein, hier zu wohnen. Sie war immer nur kurz in Hamburg, aber nie lang genug, um die Stadt zu erfassen. Irgendwann nimmt Philipp ihre Hand. Sie ist kurz irritiert, aber es fühlt sich an wie eine Schwimmweste. Er lenkt das Auto geschickt durch den Stadtverkehr, und Marie kann endlich loslassen.

Philipp parkt direkt vor dem französischen Restaurant in der Innenstadt. Drinnen werden sie prompt vom Inhaber per Handschlag begrüßt. Marie kommt diese Szene vor wie in einer Serie. Sie schätzt den Inhaber auf etwa fünfzig. Durch seine kurzen dunklen Haare ziehen sich bereits helle Strähnchen, und eine riesige Brille umrahmt sein rundliches Gesicht. Er betrachtet Marie freundlich, aber nur für einen Moment. Dann führt er sie an den besten Tisch, wie er sagt, der sich weiter hinten in einer Ecke befindet. Die Wände des Restaurants sind schwarz, genau wie die Tische und Stühle. Auf dem Tisch stehen große bunte Vasen mit Tulpen, und auch die Servietten sind schwarz.

Marie und Philipp setzen sich und werfen einen Blick in die Karte. Es gibt nur fünf Speisen zur Auswahl.

Magst du Rosé?

Philipp lächelt.

Gern, sagt Marie.

Sie atmet durch. Das hat sie zuletzt auf der Feier von Josie. Einfach mal durchgeatmet. Sie blickt sich um und bewundert die grünen Sessel aus Samt. Philipp hat einen guten Geschmack.

Er bestellt für beide Fisch, dazu Rosé. Er nimmt noch mal ihre Hand, es fühlt sich bereits vertraut an. Zwischendurch kommen immer wieder Leute an ihren Tisch, die ihn kennen. Sie ist überrascht, dass er hier so viele Bekannte hat. Die Leute betrachten Marie interessiert, und sie lächelt höflich zurück. So viel Aufmerksamkeit.

Das Handy von Philipp brummt immerzu. Einmal nimmt er ab.

Hey, was gibt's?

Er lacht leise. Dann grinst er.

Ja ich stell sie dir bald vor, sagt er.

Marie versteht nur die Hälfte.

Das war mein bester Freund. Er will dich kennenlernen, nimmt er das Gespräch wieder auf, nachdem er aufgelegt hat.

Endlich jemand, der sie vorstellen will.

Was macht denn dein bester Freund?

Marie schaut neugierig von der Karte hoch.

Ihr würdet euch sicher gut verstehen. Benno ist Gitarrist. Also quasi ein Kollege von dir.

Er zwinkert ihr zu.

Der Kellner bringt zwei Teller. Der Fisch ist auf Süßkartoffelstampf gebettet, darauf eine gegrillte Tomate mit Rosmarin. Und auch der Wein ist ein Gedicht.

Philipp schaut sie erwartungsvoll an.

Ich hoffe, es schmeckt, sagt er.

Sie lächelt und fragt sich, wann sie das letzte Mal so gut gegessen hat. Leider ist die Portion nicht groß, aber sie hat sowieso keinen großen Hunger.

Was macht die Kunst?

Sie weicht auf wie Butter. Marie redet gerne über ihr Cello. Zum Glück hat sie noch die Musik.

Dem Cello geht's gut, sagt sie.

Übst du viel?

Ja, jeden Tag mehrere Stunden.

Beschweren sich da nicht die Nachbarn?

Marie lacht.

Ich kann in den alten Räumen der Hochschule proben.

Toll, sagt er und nickt ihr aufmunternd zu.

Wenn ich nicht übe, beschäftige ich mich mit Partituren. Höre Musik, gehe in Konzerte. So was halt.

Und wie geht's jetzt weiter?

Verlegen sieht Marie auf ihren leeren Teller. Sie weiß doch auch nicht, wie es weitergehen soll.

Ich bewerbe mich für Vorspiele, sagt sie zögerlich. Gerade erst München und Oslo.

Und wovon lebst du?

So deutlich hat sie das noch niemand gefragt. Nicht mal Simon.

Ich gebe Unterricht, sagt Marie.

Ach, du unterrichtest.

Philipp wirkt erleichtert.

Ich werde mal gucken, ob ich hier in Hamburg was für dich machen kann. Ich habe gute Kontakte, sagt er.

Marie freut sich.

Philipp wischt sich den Mund mit einer Serviette ab

und ruft den Kellner. Er bestellt zwei Gläser Martini Blue und die Rechnung.

Marie zuckt zusammen.

Lass uns danach fahren, sagt er und lächelt.

Vor dem Restaurant wartet ein Taxi. Das Auto holt er morgen ab, meint Philipp, heute will er sich lieber nicht mehr hinters Steuer setzen.

Marie nimmt neben ihm auf der Rückbank Platz und schaut aus dem Fenster.

Es war ein schöner Abend. Bis Philipp Martini Blue bestellt hat. In diesem Moment hat sich Simon zu ihnen an den Tisch gesetzt. Da saßen sie dann zu dritt. Simon, Philipp und sie.

Überhaupt, Simon.

Ihr Magen zieht sich zusammen.

Da ist es wieder, dieses Bild, das sich immer wieder dazwischenschiebt und jede Freude auslöscht wie ein Radiergummi. Marie beginnt gerade wieder, sich zu drehen, als Philipp ein Gespräch anfängt. Sie schafft es, sich an seinen Worten festzuhalten und sich aus der beginnenden Drehung zu befreien.

Als das Taxi an der nächsten Ampel hält, zieht er sie zu sich heran. Während sie seine flachen Lippen auf ihren spürt, überlegt sie, dass sie sich auch vorstellen kann, hier zu leben. Mit Philipp zu Empfängen, auf Vernissagen, zu Ausstellungen gehen. Warum nicht. Sie würde nach Hamburg ziehen und ein festes Engagement antreten. Durch ihn würde sie sicher auch neue Menschen kennenlernen. Das könnte etwas sein, ein Neuanfang.

Philipp wohnt in einer teuren Gegend an der Alster, in einem prächtigen Haus, vor dessen herrschaftlichem Haustor das Taxi gerade zum Halten kommt. Sie steigen aus, und Marie bezahlt die Fahrt. Das will sie so.

Sie nimmt ihre Tasche und trägt sie zur Haustür. Warum hat sie nur so viel mitgenommen, es ist doch nur ein Wochenende. Das Haus: eine Gründerzeitvilla. Davor ein schwarzes breites Tor, an dessen Schloss Philipp gerade herumwerkelt.

In dem Haus leben neben mir noch ein Schriftsteller und die Erbin einer großen deutschen Unternehmensfamilie, erzählt er. Daher stehen auch keine Nachnamen am Eingang.

Wie weit müssen wir hoch?, fragt Marie.

In den vierten Stock.

Marie schultert ihre Tasche und macht sich an den Aufstieg.

Oben angekommen, schließt Philipp eine altehrwürdige schwarze Holztür auf, die sicher einmal aufwendig saniert wurde. Die Wohnung ist hell und weitläufig.

Schöner Boden, sagt Marie. Das muss sicher hochwertiges Holz sein.

Es sind dunkle, matte Dielen. So einen schönen Boden hat sie noch nie gesehen.

Komm erst mal rein.

Ihr Lob freut ihn offensichtlich.

Das Holz wurde in Italien angefertigt, erklärt er stolz. Möchtest du etwas trinken?

Marie betrachtet immer noch den Boden.

Nee, danke. Ich hab keinen Durst.

Nachdem sie ihre Jacken an einer Garderobe neben der

Eingangstür aufgehängt haben, führt Philipp sie durch die Wohnung. Sie ist mit viel Weiß und schwarzem Holz gestaltet. Im Flur hängen Gemälde von Musikerinnen, das Porträt einer Pianistin lehnt an der Eingangstür. Marie sucht in Gedanken nach ihrem Namen, während Philipp sie vom Eingangsbereich in das Wohnzimmer führt.

Der Holzboden passt zu den Vintage-Möbeln und einem großen Gemälde über der weißen Couch. Daneben steht ein schwarzes Klavier aus mattem Holz. Alles in der Wohnung ist groß: die Türen, die Couch, die Gemälde.

Marie denkt an den losen Putz an den Wänden in ihrem Zimmer und den Schimmel im Bad. Eine Gegeneinladung schließt sie in diesem Moment aus.

Philipp holt zwei Gläser und eine Flasche Rotwein aus dem Regal. Sie setzen sich auf die Couch, die das halbe Wohnzimmer ausfüllt. Er holt einen Aschenbecher, den er zwischen ihnen platziert, und macht zwei Gläser voll.

Während er langsam an einer Zigarette zieht, betrachtet er sie. In der rechten Hand die Zigarette, die linke Hand auf ihrem rechten Oberschenkel. Dann drückt er die Zigarette aus und setzt sich spontan ans Klavier.

Kennst du das Lied?, fragt er und spielt ein paar Takte.

Marie nickt. Sie hat es sofort erkannt, »True Colors« von Cyndi Lauper.

Er spielt weiter, und sie singt dazu. Singen kann sie nicht besonders gut, aber fürs Mitsingen reicht es. Und der Wein erledigt den Rest.

Nach ein paar Liedern hört er auf zu spielen. Philipp fragt, ob sie schon mal gekokst hat. Das macht er oft, um wach zu bleiben. Hat sie nicht. Aber sie will heute alles.

Danach will er mit ihr schlafen, aber das ist okay. Denn sie will auch. Mit Simon hat sie das nicht gemacht, dabei wäre nichts richtiger gewesen. Aber irgendetwas hat sie davon abgehalten. Und auch wenn sie sich das einredet, es hat nichts mit Solidarität unter Frauen zu tun. Tief drinnen hat sie Angst, dass ihr irgendwann auch mal eine Marie begegnet. Hoffentlich hat sie dann keine kleinen Kinder.

Was jetzt passiert, hat nichts mit großen Gefühlen zu tun. Philipp nimmt sich, was er will, und sie will heute auch nur das. Danach liegen beide nebeneinander auf der Couch. Marie zieht an der Zigarette, die er ihr anbietet. Sie hustet und schaut sich in seinem Wohnzimmer um.

Im Hintergrund läuft Jazzmusik.

Philipp legt seinen Arm um sie.

Nach einer Weile steht er auf und dreht die Musik lauter. Dann geht er zum Sofa zurück und zieht sie hoch. Sie tanzen, immer noch nackt und mit Alkohol im Kopf.

Es dauert nicht lange, dann springen sie wie zwei Irre durch die Wohnung. Die Fenster sind von großen schweren Vorhängen bedeckt. Das sind also diese Sachen, die in Villen hinter großen schweren Vorhängen vor sich gehen, denkt Marie. Sie legt sich wieder auf die Couch. Drogen und Luxus sind ihr fremd. Philipp geht mit angesagten Pianistinnen frühstücken, in seiner Wohnung hängen teure Gemälde, und seine Eltern sind enge Freunde von Olaf Scholz. Sie ist fasziniert und gleichzeitig abgestoßen. Sie macht sich nicht viel aus Geld. Und außerdem verdirbt Geld den Charakter, hat ihre Mutter immer gesagt. Aber sein Interesse ist Balsam für ihre Seele.

Alles gut bei dir, Schatz?

Philipp legt sich neben sie.

Marie wundert sich über das Kosewort, das ihrer Meinung nach zu schnell kommt, nimmt es aber entgegen wie einen kostenlosen Gutschein. Sie überlegt kurz, ob Simon seine Frau auch Schatz nennt.

Ich würde dich heiraten, sagt er.

Bei dem Stichwort Heiraten zuckt Marie zusammen.

Philipp glaubt anscheinend, sie sei die Richtige. Aber könnten sie glücklich werden miteinander? Sie guckt ihn an. Er betrachtet ihre Brüste.

Es ist schon spät, sagt Marie nur.

Das kann er doch unmöglich ernst meinen.

Er legt eine Hand auf ihre linke Brust und umschließt sie.

Du hast die schönsten Brüste, die ich je gesehen habe, sagt er.

Sie ist etwas stolz, weil sie weiß, dass ihre Brüste schön sind. Während sie darüber nachdenkt, was Simon wohl dazu sagen würde, wenn sie Philipp heiratet, schläft er in ihren Armen ein. Er schnarcht, und sie lauscht dem Geräusch. Das hier fühlt sich schon okay an, denkt sie, es fühlt sich zumindest besser an, als allein zu sein. Weiter kommt sie nicht, weil auch ihr die Augen zufallen.

Im Traum begegnet ihr Simons Tochter Helen. Sie ist wesentlich älter geworden und studiert inzwischen Cello. Marie will sich wegsetzen, weil sie eine Begegnung mit Helen unbedingt vermeiden will, aber die beginnt ein Gespräch mit ihr. Sie will auch Cellistin werden und fragt Marie, ob sie nicht ihre Mentorin sein könnte. Marie antwortet nicht, dreht sich nur um und fängt an zu rennen. Helen rennt ihr hinterher, aber kann sie nicht einholen.

Marie wacht schweißgebadet auf. Ihre Hand greift nach links, erwischt Philipps Arm. Er zieht sie eng zu sich heran und drückt ihr einen Kuss auf die Stirn. Es ist beruhigend, nach diesem Traum aufzuwachen und nicht allein im leeren Zimmer zu sein.

Guten Morgen. Ich mache gleich mal Kaffee, brummt er und steht auf.

Marie ist müde. Ihr Kopf fühlt sich schwer an, die Beine auch. Sie reibt sich die Augen und vergewissert sich, wo sie ist: In Hamburgs bester Adresse auf der Couch eines der wahrscheinlich begehrtesten Junggesellen Hamburgs. Gleichzeitig fühlt sie sich so, als hätte sie auf einer Parkbank geschlafen.

Philipp ist schon in der Küche, als sie ins Bad geht. Dort macht sie sich frisch, zumindest Katzenwäsche muss sein. Marie betrachtet sich im Spiegel. Ihre Brüste sind nicht groß, aber auch nicht klein. Durch die Sache mit Simon hat sie ein paar Kilo abgenommen. Weniger sollten es nicht werden, denkt Marie. Sie zieht sich schnell etwas über und folgt dem Frühstücksduft bis in die Küche, die von der Größe her ein zweites Wohnzimmer sein könnte. Philipp steht am Herd und macht Rührei mit Schinken. Sie setzt sich an den Tisch. Dort liegt eine Schachtel Tabletten neben zwei Gläsern mit Wasser.

Gut gelaunt bringt Philipp die Teller und macht eine Geste in Richtung Gläser.

Ich habe noch nie eine Tablette genommen, wenn ich nicht fit bin, sagt Marie.

Philipp lacht.

Ich nehme die jeden Tag. Sonst könnte ich meinen Job gar nicht machen, sagt er.

Sie überlegt, ob ihr Magen das vertragen würde oder ob sie an seiner Stelle schon längst tot wäre. Dabei fällt ihr ein, dass auch Alkohol und Koks keine gute Kombination sind. Marie hat mal gelesen, dass man daran sterben kann, da beide Substanzen dem Körper Wasser entziehen und den Blutdruck in die Höhe treiben.

Glaub mir, wenn du eine erfolgreiche Cellistin werden willst, geht das nicht ohne, sagt Philipp.

Marie folgt seiner Anweisung, weil sie eine erfolgreiche Cellistin werden will, und schluckt die Tablette hinunter. Heute redet Philipp nicht mehr vom Heiraten, aber immerhin hat er leckeres Rührei mit Schinken gemacht. Und er wird sie hoffentlich gleich zum Zug bringen, wenn sie ihn darum bittet.

Nach dem Frühstück bringt er sie tatsächlich zum Bahnhof. Sie haben ein Taxi genommen, das Auto steht ja noch beim Franzosen. Und das wird er gleich abholen, wie er erklärt. Wenn es nach Marie gegangen wäre, hätten sie auch den Bus oder die Bahn nehmen können. Aber Philipp meinte, so wäre es einfacher. Marie sieht aus dem Fenster. Sie findet zunehmend Gefallen an Hamburg. Er bemerkt ihren Blick.

Könntest du dir vorstellen, hier zu leben?

Philipp sitzt neben ihr auf der Rückbank und lächelt zu ihr herüber.

Sie erschrickt etwas. Die Frage ist ein bisschen zu nah an ihren Gedanken. Aber wenn er schon fragt, kann sie auch ehrlich antworten. Manchmal muss man pragmatisch sein.

Warum nicht, sagt sie deshalb und sieht aus dem Fenster. Nur nicht zu nah, nur nicht wieder alles. Ihn nur nicht zu eng herankommen lassen, nur nicht wieder alles von vorn. Marie gesteht sich ein, dass sie Angst hat. Angst vor Nähe. Davor, dass sich alles wiederholen könnte. Und auch davor, dass sie Philipp nicht so mag wie Simon.

Am Ende der Straße erkennt sie schon die Umrisse des Bahnhofs. Philipp weist den Fahrer an, wo er halten soll. Das Taxi kommt zum Stehen. Er schaut sie an, fast traurig, zumindest lächelt er nicht mehr so viel wie gestern.

Schade, dass du schon fahren willst.

Danke für den schönen Abend, sagt Marie.

Mit der linken Hand streicht er sich eine blonde Locke aus dem Gesicht und öffnet die Tür. Er steigt aus und holt ihren Koffer aus dem Wagen. Der Fahrer bleibt sitzen und wartet, weil er ihn wieder mit zurücknehmen wird.

Zum Abschied umarmt Philipp sie fest.

Du meldest dich?, fragt er.

Marie sitzt im Zug und lässt das Wochenende an sich vorbeiziehen. Ihr wird schwindelig, wenn sie an die Nacht mit Philipp denkt. Sie mag ihn, sie mag ihn wirklich. Der Abend war auch schön. Gemeinsam Musik zu machen. Essen zu gehen. Nebeneinander aufzuwachen. Bekocht zu werden. Aber Simon schafft es, Philipp sehr schnell wieder zu verdrängen. Obwohl sie am Abend noch übers Heiraten gesprochen haben, sind die Sätze von gestern schon wieder verflogen. Marie schaut aus dem Fenster. Windräder, Felder, Wiesen. Alles rauscht vorbei. Wie seine Worte. Sie denkt an den Traum von letzter Nacht.

Marie hat schon mehrfach von Simons Haus am Stadtrand geträumt. Mal musste sie durch einen Wald zum

Haus laufen, mal durch einen Park. In anderen Träumen war es ein dunkles Haus an einer abgelegenen S-Bahn-Station, mit Zimmern im Keller. Sie kann sich fast an jeden Traum erinnern, am liebsten würde sie ganz laut Stopp rufen. Stopp, stopp, stopp! Aber die Träume kommen trotzdem. Immer wieder, immer nachts.

Ihr waren gerade die Augen zugefallen, als es in ihrer Tasche vibriert. Simon! Er hat das Foto gesehen, das sie von ihrem Essen im Restaurant gemacht und anschließend auf ihrem Profil geteilt hat. Sie lässt sich seine Likes immer noch auf ihr Handy pushen.

Die Bahn fährt Höchstgeschwindigkeit, und Marie beginnt wieder, sich zu drehen: Simon und sie im Café, Simon und sie am Flughafen, Simon und sie im Auto. Die Bilder sind stärker als alles, was dieses Wochenende zwischen ihr und Philipp passiert ist. Sie braucht keine Luxuswohnung, muss nicht in Hamburg leben, nichts von alledem. Mit Simon würde sie nur mit einer Tasche weggehen, zur Not auch auf einer Bank schlafen. Mit ihm würde sie auf alles verzichten und immer wieder von vorn anfangen.

Während draußen die Landschaften vorbeiziehen, fragt sie sich, ob das irgendwann aufhört. Und wann es aufhört, dass ein Like alles durcheinanderbringt. Gleichzeitig hat sie Panik, nie wieder von Simon zu hören. Nie wieder gemeinsam mit ihm zu glühen. Nie wieder zusammen zu zittern. Wie gerne hätte sie mit ihm weitergeschrieben, einfach weitergemacht, sich weiter mit ihm gedreht. Doch irgendwann hat er aufgehört, sich mit ihr im Takt zu drehen, ist immer langsamer geworden. Die Einzige, die sich jetzt noch dreht, ist sie selbst. Sie will nicht mehr seinen Namen in ein Suchfeld eingeben, nicht noch mehr Dinge erfahren, die sie eigentlich nichts angehen. Aber sie will dennoch wissen, wie er lebt. Was er macht. Wer seine Töchter sind. Immerhin sind es nicht irgendwelche Kinder, es sind seine Kinder. Aber muss man deswegen auch für immer zusammenbleiben, mit der Mutter der Kinder? Simon könnte doch trotzdem ihr Simon werden. Er hat sie berührt, nein, erschüttert.

Marie nimmt ihr Handy in die Hand und gibt den Namen von Simons einer Tochter ins Suchfeld ein. Charlotte, so heißt sie doch. Ihr werden mehrere Profile angezeigt. Unter einem steht, dass Simon diesem folgt. Das bedeutet also, dass Simon sein Profil wieder auf öffentlich umgestellt hat. Ja, es ist wieder da! Marie ist beruhigt. Ihr wird auch angezeigt, dass diese Person Simon folgt. Dann muss es seine Tochter sein, denn Simon folgt insgesamt nur zweiundvierzig Personen. Das Profil ist nicht auf privat gestellt, daher kann Marie alles sehen: Charlotte mit Freunden, Charlotte im Urlaub, Charlotte in der Schule. Sie hat sich seine Tochter jünger vorgestellt, eben wie ein Kind. Aber auf diesen Bildern sieht sie schon fast erwachsen aus.

Marie kann nicht anders, als sich durch alle Bilder zu scrollen. Danach sucht sie nach Simons anderer Tochter. Aber das Profil von Helen kann sie nicht finden. Vielleicht sollte sie sich schämen, aber sie ist sich sicher, dass auch Simon ab und zu auf ihre Seiten geht. Und die Seiten seiner Kinder sind doch nur eine Erweiterung seines Profils, denkt Marie trotzig und weiß, dass das nicht ganz richtig ist.

***

Marie:
Google hat mir verraten, dass eure Kinder auch Cello spielen. Dann lag ich mit meinem Traum also gar nicht so falsch.

Marie:
Und ich habe mich gefragt, ob das was mit mir zu tun hat. Oder ob sie nur zufällig das Instrument spielen, das mein Leben ist.

Marie:
Vielleicht hast du dich auch mal gefragt, was ich so mache und ob ich möglicherweise eine Gefahr für deine Familie darstelle.

Marie:
Ganz vielleicht hast du dich auch gefragt, ob es jemanden in meinem Leben gibt. Hast du?

Marie:
Auf der Heimfahrt habe ich gesehen, dass du ein Bild von der Elbphilharmonie geteilt hast.

Marie:
Warst du an diesem Wochenende auch in Hamburg oder war das ein altes Foto?

Marie:
Aber selbst wenn. Es war, als hätten wir die ganze Zeit zusammen im selben Kino gesessen. Und hatten doch einen unterschiedlichen Film gesehen.

Marie:
Jedenfalls wollten wir beide etwas völlig anderes voneinander.

Marie:
Das haben mir deine Profile gezeigt.

Marie:
Ich wusste, dass ich alles finden konnte, wenn ich nur danach suchte.

Marie:
Einfach alles.

Marie:
Das war mein Dilemma.

ELF

Marie steht unter der Dusche. Das Wasser perlt an ihrem Körper ab. Sie schließt die Augen und fährt mit den Händen durch ihr nasses Haar. Noch einmal tief durchatmen, bevor sie in die neue Woche startet. Obwohl sie die Zeit mit Philipp genossen hat, ist sie froh, dass das Wochenende vorbei und sie wieder zu Hause ist. Es gibt nicht nur Urlaube, Geburtstage, Silvester. Es gibt auch viele lange Wochenenden, an denen sie nichts von Simon gehört hat. Und heute ist auch noch sein Geburtstag. Marie dreht das Wasser ab und nimmt sich ein neues Handtuch vom Stapel. Es ist rau, weil ihre Haut Weichspüler nicht gut verträgt. Sie schaut zur fensterlosen Wand. Sicher hat Simons Bad ein Fenster. Er wohnt schließlich in einem Einfamilienhaus, da wird doch das Bad sicher auch ein Fenster haben. Das ist immer besser, dann kann die Luft raus, denkt sie.

Marie beeilt sich, um die Dusche für ihre Mitbewohner freizugeben, und zieht sich nur schnell ein Kleid über. Das rote, ohne Kragen. Es fühlt sich an wie Seide. Es ist das Kleid, das Simon so an ihr mochte. Das hat er ihr ins Ohr geflüstert, als sie am Flughafen standen und er seine Zigarette geraucht hat. Seitdem trägt sie es oft. Zwar sieht er es nicht, aber sie fühlt sich ihm dann näher. Das Klacken ist nämlich verschwunden, als hätte sie einen Hörverlust erlitten.

Marie geht in die Küche, um sich Frühstück zu machen. Simon hat nach dem letzten Porträt keine Fotos mehr geteilt, und je weniger er macht, desto mehr hat sie das Bedürfnis, etwas zu tun. Sie will ihm heute was schicken, immerhin hat er Geburtstag, und das fühlt sich fast an wie ihr eigener Geburtstag. Simon ist wie ein Zustand, in den sie abgedriftet ist und den sie nur schwer wieder verlassen kann. Er ist ihr Zustand.

Seine Tochter Charlotte hat gestern ein Bild vom Garten geteilt, darunter stand: Geburtstagsvorbereitungen. Er wird also vermutlich den Tag mit seiner Familie verbringen. Marie weiß noch nicht, wie ihre Glückwünsche aussehen werden. Sie wird Simon keine Nachricht schreiben, sicher würde er nicht antworten. Daher will sie ihren Glückwunsch auf ihrem Profil platzieren, ihn aber so formulieren, dass er ihn versteht. Und sonst niemand. Vielleicht findet sie ein Bild, das er richtig deutet. Oder ein Lied, vielleicht auch einen Spruch.

Während sie abgelenkt von ihrem Käsebrot abbeißt, sucht sie nach passenden Fotos. Schließlich findet sie ein Bild von zwei Gläsern Martini Blue, das sie bei ihrem zufälligen Treffen mit Simon geschossen hat, und teilt es auf ihrer Seite. Zufrieden trinkt sie den letzten Schluck Kaffee, stellt Tasse und Teller in die Spüle und geht in ihr Zimmer. Imaginierte Bilder von Simons Geburtstag kreisen in satten Farben vor ihrem inneren Auge. Ein großes Haus, laute Musik, gutes Essen.

Sie muss sich eingestehen, dass sie auf Simon wartet, wie auf etwas, das in naher Zukunft kommen wird.

Dazu kommen die Träume. Wenn sie nicht von Simon träumt, dann von seiner Frau. Oder den Kindern. Marie ist in diesen Träumen entweder die Angestellte oder die Kinderfrau. Oder sie sitzt bei einem Cellokonzert zufällig neben der Familie. Einmal hat sie auch seine Frau mit ihrem Liebhaber erwischt, ein anderes Mal hat ihre Mutter ihr den Roman geschenkt, den Hannah geschrieben hat. Manchmal wacht Marie auch aufgewühlt auf, weil sie seinen Töchtern von ihnen erzählt hat und Simon sicher sauer sein wird, wenn er das herausfindet.

Das Telefon meldet sich und holt sie aus ihren Gedanken. Josie ist dran.

Bist du zurück?

Ja, ich bin wieder da, sagt Marie.

Sie freut sich, die vertraute Stimme der Freundin zu hören.

Wie war es?, fragt Josie.

Hamburg? Es war ganz nett.

Nur ganz nett?

Er hat es auf jeden Fall geschafft, mich abzulenken.

Okay, das musst du mir mal in Ruhe erzählen. Wir sind jetzt auch zurück, und ich bin ein bisschen durch, sagt Josie.

Wie war's denn in Amsterdam?

Es war toll! Wir waren auf mehreren Flohmärkten, haben niederländisches Bier getrunken, waren im Rijksmuseum und im Anne-Frank-Haus. Und wir haben in einem echten Hausboot geschlafen!

Ui, das klingt aber schön!

Das war es auch, schwärmt Josie. Ich hab dir holländischen Käse mitgebracht.

Das ist toll.

Marie freut sich. Sie liebt Käse. Ein Stück Käse am Abend, und sie kann gut schlafen.

Du, ich träume jede Nacht, sagt Marie leise.

Jeder träumt, das ist doch normal.

Ich träume von seiner Frau.

Wahrscheinlich verarbeitest du noch etwas, sagt Josie.

Ich träume auch von seinen Kindern.

Jede Nacht?

Fast jede.

Marie weiß, dass sie sich anhören muss wie eine Verrückte.

Kannst du vor dem Einschlafen nicht etwas machen, um dich auf andere Gedanken zu bringen? Eine Serie anschauen zum Beispiel? Das mache ich immer.

Ja, ich auch. Aber ich träume trotzdem immer öfter davon, sagt Marie.

Das hört sich nicht gut an. Vielleicht hilft Meditation?

Vielleicht, antwortet Marie.

Oder Yoga?

Möglich.

Gehst du immer noch jeden Tag auf sein Profil?

Jeden Tag, antwortet Marie.

Aber das war nur die halbe Wahrheit. Wenn sie ihr ehrlich sagen würde, dass sie das alle paar Stunden macht, würde Josie sie wahrscheinlich einweisen lassen.

Weißt du was, ich komme morgen mal vorbei. Ich hab noch frei! Dann gehen wir einen Kaffee trinken und reden, sagt Josie.

Musst du nicht, mir geht's gut. Erhol dich erst mal von eurem Trip!

Ich will aber!

Marie legt auf. Sie ist erleichtert, dass sie den Montag mit Josie verbringen wird, das haben sie schon lange nicht mehr gemacht.

***

Josie steht vor der Tür und bringt neue Luft mit in die Wohnung. Sie ist die pünktlichste Person, die Marie kennt.

Ihre Freundin grinst breit bei der Begrüßung, sodass ihr ungerader Zahn zum Vorschein kommt.

Wo wollen wir hin?

Sie hat feste Schuhe angezogen, einen Rucksack auf und sieht so aus, als ob sie bereit ist für eine längere Wanderung.

Ich würde gerne hier in der Nähe bleiben, sagt Marie abwehrend.

Du musst doch mal was anderes sehen. Gerade jetzt, wo du so viel zu Hause bist.

Josie sieht sie unternehmungslustig an.

Lass uns doch nach Mitte fahren.

Marie zuckt zusammen.

Bitte nicht zur Charité.

Warum denn nicht?

Ich meide die Gegend seit einem halben Jahr, antwortet Marie.

Aber nicht seinetwegen, oder?

Josie atmet hörbar aus.

Simon ist nicht der König der Charité. Er ist genau wie du ein ganz normaler Berliner. Ihm gehört weder der Bürgersteig, auf dem du gehst, noch die Luft, die du atmest.

Marie widerspricht nicht.

Ich schlage vor, dass wir gerade deshalb nach Mitte fahren, sagt Josie. Wir gehen ins Café, setzen uns in die erste Reihe und trinken einen Cappuccino. Oder zwei. Hauptsache, jeder kann uns sehen. Das wäre ja noch schöner, wenn wir da nicht mehr hinfahren könnten.

Und wenn er denkt, dass ich seinetwegen dort bin?

Josie schaut sie ernst an.

Marie, das ist jetzt hart für dich zu hören, aber Simon hat heute sicher andere Dinge zu tun, als in irgendwelchen Cafés rumzusitzen. Und wir fahren jetzt am besten sofort los, sonst sind alle Tische weg.

Marie und Josie sitzen im Café an der Spree. Gegenüber der Bahnhof Friedrichstraße. Auf dem Gehweg sind abwechselnd Stühle und Tische nebeneinander aufgereiht. Sie haben den letzten freien Tisch bekommen. Im Wasser spiegeln sich die Häuser der Straße, alles wirkt wie doppelt. Die S-Bahn ist im Hintergrund zu hören.

Marie sitzt gerade auf ihrem Stuhl. Vor ihr ein Cappuccino, neben ihr Josie mit einer übergroßen roten Sonnenbrille auf der Nase. Der Herbst hat den Sommer überholt, und sie tragen Mäntel. Nach ein paar Monaten ohne richtigen Kontakt muss Marie ihrer Freundin gestehen, dass Simon immer noch in ihr drin ist. Er ist immer noch da, nichts an ihm ist für sie verblasst. Eigentlich seltsam, dass seine Frau nichts von ihr mitbekommen hat. Dass sie nicht weiß, dass es eine Person gibt, die nach ihr sucht. Die weiß, wie ihre Kinder aussehen. Die weiß, welche Hobbys sie haben und welche Freunde. Und die ihre Familie beobachtet, aus der Ferne an ihrem Alltag teilnimmt.

Es ist sicher besser, dass sie es nicht weiß. Das glaubt auch Josie.

Marie versucht, sich zu entspannen, und lehnt sich nach hinten. Sie schließt die Augen, als eine Frauenstimme hinter ihr Simons Namen ruft. Marie trifft es wie ein Blitz, dabei heißen in Berlin sicher viele Männer so.

Sie dreht sich um. Und da steht er. Mit seinen dunklen Haaren und einem schwarzen Mantel.

Das kann nicht sein, denkt sie.

Er legt eine Hand auf die Hüfte seiner rothaarigen Begleitung. Die Frau hat Marie schon einmal gesehen. Sie weiß aber nicht, bei welcher Gelegenheit.

Da ist er, sagt sie tonlos.

Wer?, fragt Josie irritiert.

Simon.

Ihre Hände zittern. Die Kaffeetasse gleitet ihr aus der Hand und landet unsanft auf dem Tisch, ein Schwapp landet auf ihrem Mantel. Warum hat sie nur auf Josie gehört. Sie hätte nie hierherkommen dürfen.

Josie nimmt ihre Sonnenbrille ab und dreht sich um. Sie will sich selbst ein Bild von der Situation machen.

Marie, entspann dich. Das ist er nicht.

Josie nimmt ein Tuch und versucht zu helfen, aber der Kaffee hat schon einen Fleck auf dem blauen Mantel hinterlassen.

Das geht wieder raus, sagt sie tröstend.

Doch Marie interessiert sich nicht für den Mantel.

Doch, das ist er, sagt sie und zieht mit der linken Hand an Josies Arm.

Die Freundin schaut noch einmal genauer hin. Der Mann steht vor dem Café in der Schlange, die Hände immer noch an der Hüfte seiner Begleitung. Josie dreht sich zu ihr und ist sich sicher.

Das ist nicht Simon. Ich würde ihn an seinem Gang erkennen, schließlich habe ich im Labor regelmäßig mit ihm zu tun. Außerdem hat der hier eine Brille auf, dein Simon trägt keine Brille.

Josie setzt ihre Sonnenbrille wieder auf, und Marie sagt nichts mehr. Die Tasse ist leer, der Fleck wird größer und ihre Angst auch. Marie hat das Gefühl, dass dunkle Wellen über ihr zusammenschlagen und sie keine Luft mehr bekommt.

Du siehst Gespenster, sagt Josie.

Marie richtet sich auf und rutscht an die Kante auf ihrem Stuhl. Sie wirkt fahrig, aber auch entschlossen, als sie ihre Tasche nimmt und aufsteht.

Was machst du?, fragt Josie erstaunt.

Ich muss hier weg, ruft Marie ihr zu und läuft los. Josie eilt ihr hinterher. Sie erreicht sie an der Ampel.

Das muss ich nicht verstehen, oder?

Sie ist knallrot und atmet schnell.

Nein, musst du nicht, antwortet Marie.

Sie hält ihren Mantel eng zusammen, als könnte er wegfliegen und sie mitnehmen. Irgendwohin, wo sie nichts mehr kontrollieren kann.

Es ist sonnig, aber es zieht leicht aus dem Bahnhofsschacht. Seit Marie Simon oder seinen Doppelgänger gesehen hat, steht alles auf dem Kopf.

Aber das war er doch nicht, warum mussten wir dann gehen?

Josie scheint nichts zu verstehen, und Marie kann es nicht erklären.

Wir telefonieren, sagt Marie. Josie nickt bloß ratlos zum Abschied.

Als Marie wenig später mit der Bahn nach Hause fährt, begegnet sie mehreren Männern, die sie an Simon erinnern. Die Größe, die Haarfarbe, der Gang. Simon ist überall, nirgendwo ist er nicht. Marie will das nicht mehr, sie braucht so etwas wie einen Frühjahrsputz für ihren Kopf. Sie könnte ausziehen oder die Stadt wechseln. New York oder Paris vielleicht. Sie muss an Hannah denken. In all diesen großen Städten ist sie bereits gewesen, da kommt sie überall erst als Zweite.

H a n n a h .

Marie war schon ein paar Tage nicht mehr auf ihrer Seite: HLauwitz. Es ist sicher auch nicht gut, sich zu vergleichen. Sie nimmt sich vor, noch seltener auf ihr Profil zu gehen. Das wäre zumindest ein Anfang.

Ihr Handy meldet sich und zeigt eine neue Meldung an.

Simon hat den Cappuccino gelikt, den sie im Café getrunken hat. Das Foto hat sie gerade erst auf ihrem Profil geteilt. Er ist immer noch da, immer noch.

Marie und Simon. Simon und Marie.

Das mit ihnen passt eben nicht in eine Dose. Ihr Lächeln ist so breit und geht auch nicht wieder weg, sodass ihre Mitbewohner sie am Abend darauf ansprechen. Ihnen kommt es komisch vor, dass sie so gute Laune hat und sogar für alle eine Runde Wein und Pizza ausgibt. Aber sie nehmen die Pizza gern. Zu Josie sagt sie nichts. Sie will es nicht teilen. Das Gefühl, das sich durch ihren Körper zieht und jede noch so kleine Zelle mitreißt, das will sie heute nur für sich.

Sie legt sich nach dem Essen mit den Mitbewohnern in ihr Hochbett und stellt sich vor, Simon würde sie von hinten umarmen. Einfach festhalten. Ein warmes Gefühl fließt einmal durch ihren Körper, von oben nach unten. Marie weiß nicht, wann sie zum letzten Mal so froh war. Simon ist da, immer noch, und er war nie weg. Nie, nie. Niemand kennt ihre Geschichte, niemand weiß, was sie verbindet. Und Josie hat auch von nichts eine Ahnung.

Vielleicht bastelt Simon schon längst an einer gemeinsamen Zukunft. Vielleicht überlegt er auch, wie das Ganze finanziell gehen soll. Immerhin wird seine Frau das Haus alleine nicht halten können. Er wird ihr sicher auch Unterhalt zahlen müssen, und das nicht gerade wenig, wenn sie für die Kinder ihre feste Stelle aufgegeben hat.

Marie setzt sich aufrecht im Bett hin. Vielleicht sollte sie ihm doch schreiben. Sie könnte kellnern oder Führungen geben. Das bequeme Leben wird er sicher nicht aufgeben wollen, um mit in ihre WG einzuziehen. Sie möchte mal sehen, wie er mit den Mitbewohnern über die Reinigung der Kaffeemaschine diskutiert. Marie kichert in sich hinein, weil der Gedanke so absurd ist.

Das mit den Bildern ist schon etwas merkwürdig, denkt Marie. Ohne seine Posts hätte sie Simon vielleicht schon vergessen. Sie würde nicht sehen können, ob er ein Foto gemacht und geteilt hat, sich anschließend nicht fragen, ob sie damit gemeint ist. Wann hat sie nur angefangen, sich über ein Like zu freuen wie über einen Lottogewinn? Wann hat sie nur angefangen, so klein zu träumen?

***

Marie:
Es war doch nur ein Like.

Marie:
Ich glaube, dir war unser indirekter Kontakt zu diesem Zeitpunkt lieber. Er hat dir keine Angst gemacht, du hattest das Gefühl, du hast die Lage im Griff.

Marie:
So war ich immer auf Abstand, aber du konntest mich trotzdem noch vermissen.

Marie:
Ich war richtig neidisch, Simon.

Marie:
Neidisch auf dein Leben, das ich nicht teilen konnte. Auf deine Familie, und darauf, dass du einfach so weitermachen konntest.

Marie:
In jedem Mann mit deiner Haarfarbe, Statur und Größe habe ich dich erkannt.

Marie:
Ich war mir so sicher, dass du das gewesen bist im Café, obwohl Josie das Gegenteil behauptet hat.

Marie:
Am Abend im Bett wusste ich plötzlich, woher mir die rothaarige Frau so bekannt vorkam.

Marie:

Das war die Kellnerin aus dem Restaurant mit Wintergarten. Mit der du gesprochen hast, als ich von der Toilette gekommen bin.

Marie:

Hat sie vielleicht doch nach dir gerufen? Oder war es wirklich nur eine Person, die dir ähnlich war?

Marie:

Wahrscheinlich habe ich mich geirrt. Josie hätte dich vermutlich erkannt.

Marie:

Ich habe wirklich schon Gespenster gesehen.

ZWÖLF

Der Morgen blitzt durch die Vorhänge. Das Handy verrät Marie, dass es schon acht Uhr ist. In ihrem Messenger sieht sie nach, wann Simon zuletzt online war. Vor zwölf Minuten. Es ist schön zu wissen, dass Simon auch wach ist. Was er wohl macht? Obwohl sie sich nicht mehr schreiben, sieht Marie, wann er die App zuletzt genutzt hat. Das gibt ihr das Gefühl von früher, als sie sich noch jeden Tag Nachrichten geschrieben haben.

Sie bleibt noch im Bett liegen und scrollt durch Simons Beiträge. Der letzte ist von gestern Abend. Er wird heute einen Zoom-Vortrag zum Thema Prävention halten. Sie überlegt, ob sie daran teilnehmen kann. Der Vortrag ist öffentlich, meist braucht es für eine Online-Konferenz nur einen Link und einen Code. Sie müsste sich also auf der Website als Interessentin anmelden, das dürfte leicht sein. Marie weiß nicht, ob sie so schnell noch einmal die Gelegenheit bekommt, Simon zu sehen. Sie könnte ihm heute noch begegnen, wenn sie das will. Soll sie, oder soll sie nicht?

Wenig später sitzt Marie an ihrem Schreibtisch. Vor ihr der Laptop. Sie kann sowieso nicht anders, sie muss es einfach tun. Sie geht auf die Seite der Veranstaltung und klickt auf einen Link. Die Teilnahme ist wie erwartet einfach, Marie muss sich nur per E-Mail anmelden. Sie braucht dafür aber einen Namen.

Wie könnte sie denn heißen?

Marlene ... Marlene Ludwig.

Ja, warum nicht. Der Name ist gut.

Sie gibt ihre Mailadresse und den Namen ein. Die Mailadresse hat sie bereits vor Jahren für Online-Bestellungen angelegt. Marlene Ludwig nimmt also an der Konferenz teil, bei der Simon einen Vortrag über Prävention hält.

Wenige Sekunden später bekommt Marie einen Bestätigungslink, mit dem sie der Konferenz beitreten kann. Sie erhält auch einen Zugangscode. Einlass: 19 Uhr.

Marie wird Simon also wiedersehen. Heute Abend! Sie ist nervös. Es ist ja auch fast ein Date. Ein halbes mindestens. Nur weiß Simon nicht, dass sie sich treffen werden. Aber es ist besser, dass er es nicht weiß. Sie will ihn nicht durcheinanderbringen, vielleicht wäre es ihm nicht recht. Ihr reicht es schon, als Zuschauerin dabei zu sein. Sie wird seine Augen sehen können und die Fältchen um die Mundwinkel, die sie so an ihm mag. Und sie wird endlich wieder seine Stimme hören.

Die Mitbewohner sind noch bei ihren Start-ups, als Marie am Abend einen Zettel an ihre Zimmertür hängt: *Bitte nicht stören.* Beim Stichwort Online-Meeting haben sie sicher Verständnis, sie machen den ganzen Tag nichts anderes.

Es ist 18.55 Uhr, als sie vor ihrem Rechner sitzt und der Moderator die Gäste eintreten lässt. Die meisten Zuschauer sind mit Video zu sehen, sie hat ihr Mikro und ihr Video ausgeschaltet. Jetzt wird Simon dazugeschaltet.

S i m o n .

Er hat sich nicht verändert. Sie weiß inzwischen, dass er Dinge mit seinen Händen macht, wenn er nervös ist. Sie hat ihn früher öfters nachgemacht, und er hat dann gelacht. Ach, Simon.

Er hat die Kamera so eingerichtet, dass im Hintergrund nur eine Bücherwand zu sehen ist. Schade, dass sie nicht noch mehr von dem Raum sehen kann, in dem er sitzt. Marie wüsste zu gern, wie er lebt. Sie würde am liebsten kurz winken oder hallo sagen. Aber da fängt er schon an zu sprechen. Sie hofft, dass die Stunde langsam vergeht, doch sie rennt geradezu davon. Und so schön es am Ende war, Simon wiederzusehen, umso schlechter ist das Gefühl, als der Moderator sich mit einem Lächeln von den Teilnehmenden verabschiedet. Marie schaut immer noch auf den Bildschirm, als der Raum längst geschlossen wurde und nur noch eine Tafel zu sehen ist mit dem Schriftzug: *Alle Teilnehmer haben die Online-Konferenz verlassen. Wir freuen uns aufs nächste Mal!*

Simons Worte springen noch Stunden später in ihrem Kopf hin und her. Am liebsten wäre sie sofort zu ihm gefahren und hätte geklingelt, aber das ist keine Option, und das weiß sie. So etwas macht man einfach nicht.

Marie schaltet den Rechner aus und sieht aus dem Fenster. Sie fällt nach dem erneuten Kontaktabbruch richtig tief runter, verschwindet irgendwo in einem Loch. Im Nirgendwo. Die Online-Konferenz fühlte sich fast so an, als hätte sie neben Simon im Restaurant gesessen, oder neben ihm im Auto. Sie würde ihr Leben so gerne mit ihm teilen. Mit Simon wandert die Vorstellung von einer gemeinsamen Zukunft in ihrem Körper einmal von oben nach unten. Nichts will sie mehr, nichts braucht sie dringender, nichts an Simon will sie nicht, nichts an ihm stört sie ernsthaft. Nichts, über das sie nicht irgendwann schlechte Witze machen und darüber lachen könnte.

Als sie ihr Handy in die Hand nimmt, um Simons alte Beiträge anzuschauen, erscheint ein Gesicht auf ihrem Display.

Bist du dran?

Was will der denn jetzt von ihr?

Philipps Stimme ist lauter als sonst.

Marie macht den Ton leiser.

Hörst du mich?, fragt er.

Ja, ich höre dich. Bitte schrei nicht so.

Okay, sorry. Hör mal, ich habe gerade mit einem Freund gesprochen, und sie suchen hier in Hamburg eine Cellistin. Er will dich kennenlernen, so schnell wie möglich. Ein festes Engagement, sagt er und lacht.

Marie hält die Luft an.

Hörst du mich?, fragt er noch lauter.

Sorry, der Empfang ist schlecht, sagt sie.

Du könntest nächsten Monat schon anfangen, ich habe alles geregelt, sagt er.

Er redet jetzt so laut, dass sie das Handy weghalten muss.

Du kannst auch erst einmal bei mir wohnen, schreit er.

Ich kann nicht, sagt Marie.

Wie, du kannst nicht?

Ich kann hier nicht weg, sagt sie.

Aber was hält dich denn?

Seine Stimme ist wie eine Platte mit Sprung.

Sie kann nicht weg wegen Simon. Marie könnte es nicht ertragen, sich räumlich so weit von ihm zu entfernen. Aber das kann sie Philipp nicht erzählen.

So ein Angebot bekommt man nicht eben mal so, sagt er.

Ich verstehe dich leider nicht. Ich rufe zurück.

Dann legt sie auf und weiß, dass sie nicht zurückrufen wird.

Manchmal weint Marie die Nächte durch, manchmal ist ihr alles egal, und sie möchte ihr restliches Leben in ihrem Zimmer verbringen. Was macht die Zukunft für einen Sinn, wenn es eine ohne Simon ist. Hätte sie das Gefühl, sie wäre ihm egal, könnte sie damit abschließen. Aber Marie weiß, dass sie ihm nicht egal ist. Sie weiß, dass sie ihn berührt hat, sehr, und es trotzdem nicht geht. Weil er doppelte Gefühle hat, wie er ihr mal erzählt hat. Und unglücklich wäre ohne seine Familie. Das versteht sie, denn Familie ist ihr auch wichtig. Und hätte sie eine, würde sie diese auch nicht gefährden.

In der Nacht träumt Marie wieder davon, bei Simon zu Hause zu sein, und überlegt morgens, während sie sich von einer Seite auf die andere dreht, bei Gelegenheit doch mal dorthin zu fahren. Sie will sich das Haus einmal anschauen. Nicht von Weitem, nicht bei Google Maps, sondern richtig. Seine Tochter hat gestern gepostet, dass die Familie übers Wochenende verreist ist. Sie würde so gerne einmal reinschauen, durch die Fenster, und nachsehen, ob bei ihnen so ein klassisches Familien-Klingelschild an der Tür hängt. Eins mit Fotos von allen Familienmitgliedern oder den Abdrücken der Hände, als die Kinder noch klein waren. Es besteht nur die Gefahr, dass sie erkannt wird. Vielleicht ist das Haus ja videoüberwacht. Es gibt auch Alarmsysteme mit Drohnen, die Bilder aus der Luft machen können. Was würde Simon denken, wenn er sie auf den Aufnahmen erkennen würde? Sie ist doch keine Stalkerin.

Der Tag kommt so langsam in Gang, als hätte ihn jemand gerade erst aus dem Bett geholt. Marie will eigentlich zur Hochschule fahren, um zu üben, aber sie kommt nicht los, kann sich nicht motivieren. Seit Stunden sitzt sie am Fenster und weiß nicht, was sie anziehen soll. Dazu kommt, dass Simon in den letzten Wochen immer weniger online war. Seine letzten Einträge sind Wochen her. Es war schlimm, als Simon aufgehört hat, ihr Nachrichten zu schreiben, aber dass er jetzt aufhört, ihre Sachen zu liken, ist fast noch schlimmer. Simon entfernt sich immer weiter, und sie kann nichts dagegen tun.

Marie ärgert sich darüber, dass sie so viel Zeit vor dem Bildschirm verbringt. Manchmal geht sie bei einem Beitrag der Tagesschau alle Follower durch, nur um zu sehen, ob Simon den Beitrag auch gut fand. Dann schaut sie alle Videos von einem Freund von ihm, weil sie hofft, ihn darin zu finden. Aber es hilft alles nichts. Sie kann nichts machen, sondern muss ertragen, wie Simon sie in seinem Kopf immer weiter nach hinten schiebt. Wie gerne würde sie etwas tun, um das zu verhindern. Doch sie kann nur dabei zusehen, wie Simon sein Leben weiterlebt. Vor ihren Augen. Daran ist sie allerdings selbst schuld, denn sie kann einfach nicht wegsehen.

Vielleicht ist aber auch etwas passiert, dass er sich weniger meldet. Sie würde ihn das gerne fragen, würde ihn am liebsten alles fragen, aber sie darf nichts mehr. Nichts, nichts. Zum Glück gab es bei der Online-Konferenz die Option, den Vortrag mitzuschneiden, und jetzt hat sie Simon zumindest auf ihrem Rechner und kann ihn jederzeit sehen. Und hören.

Marie steht auf, ihr ist ganz kalt geworden. Sie sucht sich eine Jeans und einen Wollpullover raus, nimmt ihr Tablet und setzt sich in die Küche. Einen Tee noch, dann fährt sie los. Ganz bestimmt. Ihr Rücken schmerzt. Und das, obwohl sie schon seit ein paar Tagen nicht mehr gespielt hat. Sie geht auf das Profil von Simons Tochter Charlotte, um zu schauen, wie lange er und seine Familie unterwegs sind. Warum hat er ihr auch gesagt, wie seine Kinder heißen? Und warum beobachtet sie seine Familie immer noch, obwohl Simon und sie es beendet haben? Am liebsten würde sie das Handy und ihr Tablet aus dem Fenster schmeißen, weil dort nicht nur ihre Daten, sondern alle Gefühle gespeichert sind.

Marie stellt fest, dass der Account von Charlotte auf privat umgestellt wurde. Sie ist für einen Moment enttäuscht, dann aber erleichtert. Sie will gar nicht dabei sein, wenn seine Kinder erwachsen werden. Will nicht wissen, ob sie sich mit Freundinnen fotografieren lassen, auf Partys gehen oder wohin sie verreisen. Dabei werden nicht nur seine Kinder älter, die Zeit rutscht auch durch ihre Hände.

Simon likt nichts mehr von ihr, er schaut ihre Storys nicht mehr an, er ist komplett abgetaucht. Marie vermisst die Gemeinsamkeiten. Die Geschichte mit ihren Vätern, die Bilder, die Musik. Wie soll sie weitermachen ohne seine Nachrichten, ohne die Zeichen? Ohne das Gefühl, bald wieder neben ihm zu sitzen. Im Restaurant oder in seinem Auto. Nie wieder, nie wieder. Sie hört nichts mehr von ihm, nur noch ihr eigenes Echo.

Marie fährt dann doch nicht mehr zur Hochschule und mistet stattdessen ihre Klamotten aus. Macht Platz für die Wintersaison. Die dünnen Kleider und Röcke wird sie bald nicht mehr brauchen. Und auf etwas anderes kann sie sich gerade ohnehin nicht konzentrieren. Einen Stapel wird sie behalten, den anderen wird sie spenden. Sie betrachtet zufrieden das Ergebnis. Als sie fertig ist, ertönt das Geräusch einer neuen Nachricht. Sie legt die Klamotten beiseite und nimmt ihr Handy in die Hand.

Eine neue Mail. Marie überfliegt die Zeilen. Die Zusage für ein Engagement in West-Berlin, auf das sie sich erst letzte Woche beworben hat. Zwar zeitlich befristet, aber immerhin für ein Jahr. Sie ist erleichtert, es geht weiter.

Als Marie an diesem Abend ins Bett gehen möchte, meldet sich ihr Handy.

Hey, sagt Philipp.

Es klingt wie ein Hey, das zu allem bereit ist.

Hey, sagt Marie. Was gibt's?

Er geht nicht darauf ein.

Ich hoffe, es geht dir gut?, fragt er stattdessen.

Ja, alles okay, antwortet sie. Und bei dir?

Ich habe gerade viel zu tun, sagt er.

Das habe ich mir schon gedacht.

Du willst nicht, dass es enger wird, oder?

Du weißt die Antwort doch schon. Warum fragst du dann?

Marie wunderte sich jedes Mal, wie brutal sie sein kann, wenn sie nicht verliebt ist.

Sie hört das Ploppen vom Öffnen einer Flasche.

Wo bist du?, fragt sie.

In Paris. Also im Hotel, sagt er, und es hört sich an, als ob er sich ein Glas einschenkt. Er räuspert sich. Hör mal, bevor du etwas sagst, Marie. Ich habe das Gefühl, du bist nicht richtig da, wenn wir miteinander sprechen.

Marie zieht die Vorhänge ihrer Fenster zu. Sie wollte schon längst schlafen gehen. Ihr Blick fällt auf die Uhr auf ihrem Schreibtisch. 00.20 Uhr.

Ich weiß nicht, woran das liegt. Sagst du es mir?

Marie antwortet nicht.

Ich würde mich freuen, wenn du nach Hamburg kommst. Aber willst du das überhaupt?, fragt Philipp.

Ich habe in Berlin ein Engagement gefunden für das nächste Jahr, erzählt Marie. Heute kam die Zusage.

Sie legt das Handy auf den Stuhl und stellt Philipp auf laut, damit sie sich umziehen kann.

Das freut mich! Du musst auch nicht nach Hamburg kommen. Und vielleicht brauchen wir beide auch nur ein bisschen Zeit. Vielleicht könnten wir auch wegfahren? Ans Meer. Wie wäre es mit Griechenland?, fragt Philipp.

Marie zögert. Sie ist noch nicht so weit. Kann sich nicht auf was Neues einlassen. Das spürt sie deutlich. Und dann auch noch Griechenland! Es ist, als sei zwischen ihr und Philipp eine schalldichte Glaswand, an der all seine Bemühungen abprallen.

***

Marie:
Es war sicher besser, dass ich nicht zu eurem Haus gefahren bin.

Marie:
Ich hätte natürlich gern gewusst, wie es aussieht. Vielleicht hätte ich Gummistiefel vor dem Haus gesehen und die Bank, auf der du morgens deinen Kaffee trinkst.

Marie:
Aber das war ja euer Leben. Das mit mir und dir nichts zu tun hatte.

Marie:
Aber du warst dir wohl die ganze Zeit sicher, dass du unbeschadet aus der Sache wieder rauskommst.

Marie:
Hast du denn gar nicht bemerkt, wie oft ich auf deinen Profilen war?

Marie:
Na ja, das merkt man wohl tatsächlich nicht so richtig. Das ist ja das Merkwürdige.

Marie:
Ich frage mich nur bis heute, warum *ich* nichts gemerkt habe.

DREIZEHN

Marie probt in der Hochschule. Sie hat es geschafft, zwei Tage nicht online zu gehen: achtundvierzig Stunden. Sie hat auch nicht Simons Wikipedia-Eintrag gelesen, den sie inzwischen auswendig kann. Die zwei Tage waren wie Folter. Deshalb will sie nur mal kurz reinschauen. Sie geht auf sein Profil. Aber Simon schreibt nichts, er teilt nichts. Nichts, nichts, nichts. Vielleicht ist es auch besser, keine Zuschauer mehr zu haben. Keine Botschaften, die sie glänzen lassen. Für den Moment. Denn der Glanz verfliegt schnell. Sie hat Angst, an etwas kleben zu bleiben. Da hilft nur Ablenkung, mit Vernunft kommt sie nicht weiter.

Sie klappt ihr Notenheft zu und packt ihre Tasche. Neun Stunden hat sie in der Hochschule geübt. Sie freut sich auf die neue Stelle, aber es wird auch eine Bewährungsprobe. Sie will lieber gut vorbereitet sein. Bevor sie nach Hause fährt, geht Marie noch einmal auf die Toilette. Aus Gewohnheit nimmt sie ihr Handy in die Hand, um vor der Heimfahrt noch einmal ihre Profile zu checken. Auf der Startseite werden ihr neue Kontakte empfohlen, mit denen sie sich verbinden sollte. Häufig sind auch Empfehlungen von gemeinsamen Personen dabei, denen Simon folgt. So auch heute. Eine *Hannah Hannah* wird ihr als neuer Kontakt vorgeschlagen. Marie geht auf das Profil. Und ihr wird schlagartig etwas klar: *H. Lauwitz* ist nicht Hannah! Das hier ist Simons Hannah. Sie hat die ganze Zeit ein falsches Bild vor Augen gehabt.

Sie vergrößert das Foto. Eine sympathische Frau mit dunklen kurzen Haaren blickt ihr entgegen. Sie sieht Marie ähnlich, nur ist sie etwa fünfzehn Jahre älter.

Marie ist beruhigt, dass nicht *H. Lauwitz* Simons Frau ist, sondern *Hannah Hannah.* Wie viele Gedanken sie sich über *H. Lauwitz* gemacht und wie oft sie sich mit ihr verglichen hat. Das hier ist eine normale Frau. Neben ihr muss Marie sich nicht klein fühlen. Auch wenn sie sehr sympathisch wirkt.

Ob *H. Lauwitz* dann seine Schwester ist? Ein bisschen ähnlich sieht Simon ihr, denkt sie.

Marie klickt sich durch Urlaubsbilder, Fotos von früher, noch ohne Kinder.

Es gibt Hannah und Simon, als Paar. Als Familie.

Marie, die immer noch auf der Toilette sitzt, drückt mechanisch auf die Spüle. Auf der Heimfahrt denkt sie an das letzte Jahr und spürt etwas, das ihren Hals hinaufkriecht: Ohnmacht, die sie langsam einwickelt wie ein übergroßer Schal. Das Leben hat sie richtig an der Nase herumgeführt. Oder sie ihr Leben?

***

Marie steht am Fenster ihres Zimmers. Sie hat in der Nacht wieder von Simons Familie geträumt. Die Töchter haben in Berlin einen Cello-Workshop besucht, den sie geleitet hat. Sie weiß noch, dass sie ihnen gerne gesagt hätte, wer sie ist. Aber sie wusste, dass sie nichts sagen darf. Nichts, nichts. Simon und sie, als Einheit, die zusammengehört, hat es für andere nie gegeben. Irgendwann ist sie aufgewacht, komplett verspannt. Die restliche Nacht hat sie gelesen, weil sie nicht wieder einschlafen wollte.

Inzwischen ist es hell geworden, und die ersten Vögel singen draußen. Marie hat sich vorgenommen, heute nicht an Simon zu denken, sondern sich auf schöne Gedanken zu konzentrieren. Sie schiebt die Vorhänge zur Seite. Ein großer schwarzer Familienwagen parkt direkt unter ihrem Fenster ein. Der Mann sitzt am Steuer, die Frau auf dem Beifahrersitz. Dahinter die Kinder. Es ist nur ein schwarzes Auto, ein Auto, und alles fällt zusammen wie ein Kartenhaus. Die Tränen, die sie so lang weggeschoben hat, kommen alle zurück. Sollen sie doch kommen.

Marie geht ins Bad und hockt sich vor die Kloschüssel. Sie leert ihren Magen aus. Und noch mal, und noch einmal. Irgendwann lassen die Kräfte nach. Ihr Magen ist leer.

Sie spült und setzt sich auf den Klodeckel. Hannah und Simon. Das passt nicht, das passt nicht in das Bild, das sie von ihm hat. Auf ihrem Bild sind andere Farben. Da sind sie und Simon. Im Restaurant, im Auto, am Flughafen. Mit dem anderen Bild kann sie nichts anfangen.

Ächzend kommt sie auf die Beine, dreht den Wasserhahn auf und hält ein Handtuch darunter. Dann dreht sie den Hahn zu und geht in ihr Zimmer. Sie legt sich auf den Boden, platziert das Handtuch auf ihrer Stirn.

So kann es nicht weitergehen, es muss sich etwas ändern. Wenn sich nichts ändert, wird alles so bleiben. Und so darf es nicht bleiben. Sie fragt sich dennoch, was Simon wohl macht, wie es ihm geht. Ob er am verlängerten Wochenende nach Hause zu seiner Mutter fährt oder an die Ostsee. Oder ob er mit Freunden verreist.

Ihr Kopf fährt Achterbahn und hört nicht mal auf, wenn sie Stopp sagt. Stopp, stopp, stopp.

Sie nimmt das Tablet in die Hand und gibt seinen Namen ins Suchfeld der Suchmaschine ein. Nur noch einmal. Ein letztes Mal.

Ein allerletztes.

Als sie Enter drückt, wird Marie ein neuer Account vorgeschlagen, den er angelegt hat. Dort sind Songs nach Kategorien sortiert: Griechenland, Kinder, Hannah.

Warum hört es nicht auf!

Was er nicht veröffentlicht, teilt seine Frau. Oder die Kinder. Und Marie weiß, dass sie alles finden kann, wenn sie nur danach sucht. Alles, alles. Dabei will sie gar nichts mehr finden, an nichts erinnert werden. Sie will nur noch, dass Schluss ist. Schluss, Schluss, Schluss. Sie ist so betäubt, dass sie sich selbst gar nicht mehr zuhört. Sie kann Simon hören, wie mit Kopfhörern.

Während sie noch einmal über die wirren Träume nachdenkt, die sie in letzter Zeit aufgesucht haben, meldet sich Simon. Okay, richtig gemeldet hat er sich nicht. Er hat nur ein Foto gelikt.

Aber Anklicken ist gleich Melden, ist gleich Interesse, ist gleich Hallo, ich bin noch da.

Anklicken ist gleich Kontakt.

Oder ist Anklicken kein Kontakt? Doch, es muss Kontakt sein, denn mit jedem Like kommt er zurück.

Und Simons Kopf ist irgendwo, mittendrin, in ihren

Gedanken, er ist sowieso immer da. Seine Familie ist auch da. Warum stolpert sie immer noch über ihn? Warum, warum.

Marie weiß genau, dass sie sich im Kreis dreht. Immer wieder, immer weiter. Sicher guckt Simon manchmal zu, aus sicherer Entfernung. Manchmal winkt er auch.

Sie versucht, sich zu beruhigen. Wieder Abstand reinzubringen. Ohne Simon wird das Leben schon okay sein. Mit ihm wäre es natürlich krass, aber was ist schon krass? Sie hat ihm zu lange nicht geglaubt, wie mit Lautsprechern weitergedacht und immer weiter an ihm gezerrt. Obwohl er schon längst weg war. Über alle Berge, aber er ist noch zu hören. In ihrem Kopf, immer noch. Simon hat sich in ihre Haut gebrannt wie ein Tattoo.

***

Der nächste Morgen schiebt sich unter dem Türspalt durch, als sich Philipp meldet. So früh ruft er sonst nie an.

Ich wollte dich nur wissen lassen, dass ich warten kann, sagt er, und man hört das Zischen einer Kaffeemaschine im Hintergrund.

Guten Morgen, sagt Marie.

Sie steht im Flur und kramt nach ihrem Schlüssel. Sie hat schnell zu einem Rock und einem Oberteil gegriffen, dazu Stiefel. Es ist erst 8 Uhr, und sie will zur Hochschule fahren. Das Cello hat sie dort eingeschlossen. Sie ist wild entschlossen, heute zu üben. Üben, üben, üben. Wie früher, fünf Stunden am Tag – Minimum. Es muss jetzt einfach weitergehen. Nächste Woche beginnt auch das

Engagement. Sicher gut, sich schon jetzt wieder an einen Rhythmus zu gewöhnen.

Weißt du, endlich wäre ich mal bereit, aber du bist es offensichtlich nicht, sagt Philipp.

Das Zischen der Kaffeemaschine wird lauter.

Ich kann nicht, sagt Marie, nimmt ihren Rucksack auf den Arm und findet endlich ihren Schlüssel in einer Schublade an der Garderobe. Es tut mir leid, fügt sie hinzu.

Das habe ich irgendwie gewusst. Aber entschuldige dich bitte nicht, sagt er.

Marie sperrt die Tür auf. Sie klemmt das Handy zwischen Ohr und Schulter, während sie die Wohnung verlässt und die Tür des Innenhofes öffnet.

Ihr Fahrrad lehnt an einem Geländer, alle Fahrradständer sind belegt. Marie schließt das Schloss ihres Fahrrads auf und packt ihren Rucksack in den Fahrradkorb. Sie freut sich darauf, wieder in die Pedale treten zu können.

Willst du denn noch Kontakt?, fragt er.

Sie packt den Lenker mit beiden Händen und schiebt das Fahrrad aus dem Innenhof auf den Gehweg. Die Bäume in ihrer Straße werden bald wieder grün. Es sind noch keine Menschen auf den Gehwegen, es ist still. Ja, es geht weiter!

Du, ich steige gerade aufs Fahrrad. Ich muss auflegen, sagt sie, ohne auf seine Frage zu antworten.

Also eher nicht?

Eher nicht, sagt sie zögerlich.

Alles Gute für dich, sagt er nach einer längeren Pause. Dann legt er auf.

»Alles Gute« ist ein Abschied, aber Marie fühlt kein

Dafür und kein Dagegen, nichts, keine Erleichterung und kein Schmerz. Nichts. Hätte sie freundlicher sein sollen? Vielleicht.

Sie radelt los, eine lange Allee hinunter und dann wie immer Unter den Linden entlang. Normalerweise fährt Marie nicht an der Friedrichstraße vorbei, sondern nimmt einen Umweg. Heute aber fährt sie direkt unter dem Torbogen in Richtung Spree. Der Wind weht, und Marie muss den Lenker festhalten. Ihr Blick fällt im Vorbeifahren auf das Café an der Charité, in dem Simon und sie sich zum ersten Mal getroffen haben. Und obwohl es schon ein Jahr her ist, fühlt es sich an wie gestern.

Gerade als sie schnell daran vorbeifahren möchte, erkennt sie die Umrisse eines Mannes in einer dunklen Jacke. Sie sieht schlecht ohne Brille. Kann es sein, dass er dort sitzt? Immer noch. Oder immer wieder? Ja, das ist Simon. Diesmal wirklich. Sie erkennt ihn nicht nur an der Statur, sondern auch an der Körperhaltung. Eine Tasse vor sich, das Handy in der Hand. Ihr Körper gleicht einem Vulkan. Sie könnte weiterfahren und so tun, als ob sie ihn nicht gesehen hat. Sie könnte aber auch hallo sagen. Hallo, hallo, hallo. Soll sie, oder soll sie nicht? Sie schaut an sich herunter. Der schwarzgrüne Faltenrock passt nicht zu den abgewetzten Stiefeln. Woher hätte sie auch wissen sollen, dass sie heute Simon begegnet. Dass er immer noch da ist. Immer noch. Sie hält am Straßenrand und öffnet den Spiegel auf ihrem Handy. So kann sie ihm nicht begegnen. Unmöglich. Ein halbes Jahr haben sie sich nicht mehr gesehen, und dann sieht sie *so* aus? Und was soll sie ihm sagen? Außerdem klopft es bis in ihr Ohr. Sicher bekommt sie auch nichts raus, wenn sie miteinander sprechen.

Marie zögert. Schließlich fährt sie weiter, auch wenn es ihr schwerfällt. Es kostet sie einiges an Überwindung. Sie würde nur interessieren, ob er öfter dort sitzt. Oder ob es nur Zufall war.

***

Am nächsten Tag macht Marie sich zur selben Uhrzeit auf den Weg zum Café. Sie will nachsehen, ob Simon wieder dort sitzt. Wenn er gestern da war, dann vielleicht ja auch heute. Und irgendwie kann sie nicht anders, als hinzufahren. Zu ihrem Café, in dem alles angefangen hat. Damals. Auf dem Weg zur Friedrichstraße fühlt sich Marie wie früher. Das Gefühl, Simon gleich treffen zu können, beflügelt sie. Auch wenn sie sich vielleicht gar nicht treffen. Simon, Simon. Sie hat heute nicht das Fahrrad genommen, damit sie nicht verschwitzt ist, wenn sie ankommt. Sie möchte gut aussehen. Gut riechen. Nichts haben, was ihn stören könnte. Es windet, daher hat sie eine dicke Jacke übergezogen. Vielleicht sitzt Simon wieder draußen, dann könnte es kalt werden. Ihr Blick bleibt am Brandenburger Tor hängen, und ihr fällt der Spaziergang wieder ein. Sie läuft in Richtung Spree, sie ist schneller als sonst. Marie fragt sich, was sie da macht. Manche Sachen macht man einfach. Weil man getrieben ist, weil man es tun muss. Und es fühlt sich für sie nichts richtiger an.

Der Vorplatz ist leer. Das sieht Marie auch ohne Brille. Es ist 13 Uhr, genau wie gestern. Zu Fuß kann sie sich besser vortasten. Sie riecht schon den Kaffee. Wie lange sie nicht mehr hier war. Der Wind weht, zumindest darauf ist Verlass.

Marie nähert sich dem Eingang. Sie sieht einen Mann an einem Tisch sitzen. Jedoch verschwommen. Sitzt er da oder nicht? Ist es Simon oder ein Fremder? Doch, eindeutig: Simon. Er sitzt wie gestern vor einer Tasse und starrt auf sein Handy. Jetzt könnte sie noch umdrehen. Jetzt wäre die Gelegenheit, ihm endgültig den Rücken zuzukehren. Aber sie wird nicht noch einmal umdrehen, wenn sie vor Simon steht. Vor ihrem Simon.

Hallo, sagt Marie. Ihre Stimme klingt laut und hell und gar nicht so, wie sie sich fühlt. Ihre Stimme ist eine Hochstaplerin.

Simon schaut von seinem Handy hoch, wirkt aber nicht überrascht, sie zu sehen.

Hallo, antwortet er und zeigt auf den Platz neben sich.

Seine Augen zittern. Vielleicht empfindet er noch etwas für sie?

Marie folgt seiner Geste und setzt sich neben ihn. Sie sitzt endlich wieder neben Simon, und die Hochstaplerin in ihr tut so, als wäre sie zufällig hier. Sie lächelt, weil sie nicht weiß, was sie sonst tun soll. Wenn er fragt, wird sie nicht sagen, wie es in ihr drinnen aussieht. Sie wird souverän bleiben. Der Wind rauscht wieder über den Vorplatz, aber es könnten gerade auch Häuser neben ihr einstürzen. Marie würde es nicht hören. Neben Simon ist sie wie taub.

Marie sitzt einfach nur da und weiß nicht, was sie sagen soll. Er schaut sie von der Seite an. Sagt auch nichts, schaut nur. Sie fragt ihn, ob sie einen Schluck von seinem Cappuccino nehmen darf. Er nickt und sagt: Bitte.

Zwei Vertraute, die sich nicht kennen.

Sie würde ihm so gerne alles sagen, was sie nicht sagen darf. Alles, alles. Tun, was sie nicht tun sollte. Seine Hand nehmen, zum Beispiel. Würde ihm sagen, dass sie immer noch an ihn denkt. Und nicht damit aufhören kann. Wann hört es auf?

Simon neben ihr. Wie lange sie sich das gewünscht hat. Wie oft sie sich vorgestellt hat, was sie dann sagen würde. Und jetzt sitzt sie einfach nur neben ihm, und es kommen keine Worte. Wo ist die Hochstaplerin, wenn man sie braucht? Sie werden hier sicher nicht ewig sitzen. Oder wird jetzt alles anders? Sind sie an dem Punkt angekommen, an dem es weitergeht?

Wie läuft es mit deinem Cello?, fragt er.

Es geht so, sagt sie.

Sie will ab jetzt ehrlich sein.

Ich habe aber ein Engagement gefunden, sagt sie.

Das freut mich.

Simon sieht wirklich so aus, als ob er sich freut. Sicher will er, dass es ihr gut geht. Manchmal wirkt er so gut gelaunt, fast überheblich. Aber jetzt ist er einfach nur durchsichtig, fast weich. Und in diesen Simon hat sie sich verliebt. Vor einem Jahr. Der Simon, der sich erkundigt und mit dem sie das gleiche Schicksal teilt.

Es sind nur Zentimeter, die sie trennen. Sie hätte sich etwas zu trinken holen können, aber dann wäre er vielleicht schon weg. Es ist keine Zeit für eine Bestellung.

Und wie läuft es bei euch? Gibt es etwas Neues?

Marie will alles wissen, obwohl sie die Antworten nicht hören will.

Bei mir verändert sich ja nicht so viel, sagt er. Obwohl, es gibt tatsächlich etwas Neues.

Er strahlt kurz.

Ich gehe mit meiner Familie für ein Jahr nach Griechenland. Wir haben eine Ferienwohnung in Samos gemietet. Dort wird meine Hilfe gerade mehr gebraucht als in Berlin.

Das ist schön!

Marie freut sich für ihn, obwohl sie sich nicht freut. Griechenland ist ein Synonym. Für sein Leben, das er natürlich weitergelebt hat. Bei ihm ist es weitergegangen, immer. Während sie auf ihn gewartet hat. Aber das ist nicht seine Schuld.

Bist du glücklich?, fragt sie, um zu schauen, ob nicht doch noch etwas zu holen ist. Vielleicht ist er ja unglücklich?

Ja, sagt er schnell.

Und du?, fragt er nach einer kurzen Pause.

Ich auch, sagt sie noch schneller.

Jetzt hat sie doch gelogen. Aber sie kann ihm schlecht sagen, dass sie ihn beobachtet hat, immer, und dass es reingehauen hat, richtig. Dass sie fast K. o. gegangen wäre. So was behält man dann doch für sich. Er weiß nicht im Ansatz, was er für sie war. Und dann will sie ihn auch nicht aufhalten. Ihm kein Bein stellen oder Halt rufen. Nur weil das Ego brennt.

Der Wind rauscht über den Vorplatz. Alles auf Anfang. Marie denkt an ihre erste Begegnung hier im Café. Und trotz allem und obwohl es wieder nicht weitergeht, war sie selten so froh. Es ist nur ein flüchtiger Moment, aber es ist immerhin etwas. Simon und sie zusammen. Wenn auch nur kurz. Und ist es nicht das, was zählt?

Simon blinzelt, dann räuspert er sich.
Ich wusste, dass du kommst, Marie.
Irritiert blickt sie ihn an. Was soll das heißen?

***

Marie:
Ich habe dich gefragt, wie du das meinst.

Marie:
Du hast mir von der App erzählt. Es ist dieselbe App, die auch Josie und Eileen benutzen.

Marie:
Die App, die anzeigt, wo sich die andere Person gerade aufhält.

Marie:
Die App für Paare. Nur dass ich der Nutzung nie zugestimmt habe.

Marie:
Ich saß einfach nur so da, als du mich gefragt hast, was ich in Hamburg gemacht habe.

Marie:
Du wusstest aber nicht nur von Hamburg. Sondern auch von dem Konzert und von der Führung im Schloss.

Marie:

Und dass ich so selten meine Wohnung verlassen habe.

Marie:

Es war nicht das Schicksal, wenn wir uns trafen. Es war kein Zufall.

Marie:

Es war die App.

Marie:

Du meintest, so wäre ich immer bei dir gewesen. Das war meistens beängstigend, aber auch schön, hast du gesagt.

Marie:

Jetzt wusste ich, dass eigentlich du es warst, der mich die ganze Zeit bei sich hatte.

Marie:

Und ich habe gemerkt, wie sich das anfühlt.

Marie:

Wie es sich anfühlt, beobachtet zu werden.

Marie:

Du fragst dich sicher, warum ich dir das alles schreibe. Warum ich dir die Geschichte noch einmal erzähle.

Marie:

Vielleicht, weil ich jetzt die Gewissheit habe, dass es wirklich passiert ist.

Marie:

Deshalb die Nachrichten hier.

Marie:

Auch wenn du nicht mehr antwortest.

Marie:

Und auch, wenn du deine Profile auf privat gestellt hast.

Marie:

Ich habe immer noch mein Cello. Das mir Halt gibt, wenn es wieder mal stürmisch wird.

Marie:

Und ich mich zu drehen beginne, wenn mir dann doch mal ein Foto von dir in die Timeline gespült wird.

Marie:

Kein Happy End ist eben manchmal doch ein Happy End.

Marie:

Würde Josie jetzt wahrscheinlich sagen.

Marie:

Und ich weiß inzwischen auch, was sie damit meint.

DANKSAGUNG

Bei der Entstehung dieses Buchs haben mich viele Menschen unterstützt, bei denen ich mich bedanken möchte: dem ganzen Team um meine Agentur Elisabeth Ruge; Elisabeth, Katharina, Lina und besonders: Mimi. Und natürlich Carla und ihrem Team im Goya Verlag für die inspirierenden Anregungen beim Lektorat des Manuskripts! Danke auch an Samira, Jenny, Markus und Leander für die Quotes.

Ganz besonders möchte ich aber meiner Familie und meinen Freunden für ihren Support danken.

Ela Meyer
Es war schon immer ziemlich kalt

Drei Freunde Ende zwanzig: Insa, Hannes und Nico sind gemeinsam in einem friesischen Kaff aufgewachsen und auch nach ihrer Flucht aus der Provinz beste Freunde geblieben. Sie sind unzertrennlich und erzählen sich alles – eigentlich. Doch plötzlich häufen sich die Geheimnisse voreinander. Ihre Zukunftspläne scheinen nicht mehr zusammenzupassen: Hannes will zurück ins Dorf und die Werkstatt seines Opas übernehmen, Nico hat sich in eine Frau verliebt, die ein Kind erwartet, und Insa treibt weiter orientierungslos vor sich hin. Ihre einst unzertrennliche Gemeinschaft droht, auseinanderzubrechen. So unternehmen sie eine letzte große gemeinsame Reise. Zum Soundtrack von Django Reinhardt über ...But Alive bis Team Dresch fahren die drei Freunde unaufhaltsam auf die Weggabelung des Erwachsenwerdens zu, die ihre Leben in verschiedene Richtungen führen wird.
Eine Geschichte über den aufwühlenden Wandel einer Jugendfreundschaft und das Ende einer gemeinsam verbrachten Lebensphase. Ela Meyer erzählt ebenso unterhaltsam wie berührend.

»Sie schreibt ganz toll, Ela Meyer. Das rührt einen zutiefst an.«
NDR-Podcast *Die Bücherwelt*, Margarete von Schwarzkopf

Klappenbroschur · ISBN 978-3-8337-4456-3
E-Book · ISBN 978-3-8337-4472-3

»Inwiefern können Freundschaften fehlende Familie ersetzen? Dieser Frage geht Ela Meyer in ihrem ersten Roman nach.« Heidi Scharvogel, *NWZ*

»Der Roman hat eine zarte Melancholie und Leichtigkeit zugleich.«
Isabella Caldart, *novellieren.com*

Hörbuch-Download
ISBN 978-3-8337-4498-3

Lucia Jay von Seldeneck
Weltfrieden

Gut zehn Jahre nach der Wende soll der Weltfrieden verkauft werden. Der Kindergarten des alten Laborwerks am See steht seit Jahren leer. Die Nachricht verbreitet sich schnell in dem brandenburgischen Dorf – und weckt Erinnerungen an damals, jahrelang unterdrückte, taumelschwere Erinnerungen an ein altes Leben und längst vergessene Träume. Während die ehemaligen Mitarbeiter Erika und Hermann Grüning das Grundstück entrümpeln, stoßen sie auf Fundstücke, die offenlegen, dass der Treuhandabwickler sich an dem damaligen Werksverkauf bereichert hat. Die Beweisstücke wecken den verloren geglaubten Gemeinschaftsgeist in der alten Belegschaft – und völlig unvermittelt ergibt sich für sie die Chance, den Lauf der Dinge zu ändern.

Kann man eine Vergangenheit ruhen lassen, die keine Ruhe gibt? Weltfrieden untersucht diese Frage feinfühlig und beobachtungsstark – und überwindet dabei die Klischees der Abgehängten und Wendeverlierer.

»Ein so fulminantes wie berührendes Husarenstück aus der brandenburgischen Provinz. Lesen und mitfeiern!« *radioeins, die Literaturagenten*, Gesa Ufer

»So ist die Wende noch nicht erzählt worden. Mit glaubhaften, liebenswerten Protagonisten, die einen dritten Weg zwischen Weggehen und Resignation suchen. Ein Aufbruch in späten Jahren, der zugleich eine Rückkehr ist.«
RBB Kultur, Franziska Walser

Hardcover · ISBN 978-3-8337-4556-0
E-Book · ISBN 978-3-8337-4624
MP3-CD · ISBN 978-3-8337-4559-1